中华魂

ZHONGHUA HUN

百部爱国故事丛书

镢头开出新天地

——解放区大生产运动

谷 伟 张 红 编著

吉林人民出版社

图书在版编目（CIP）数据

镢头开出新天地：解放区大生产运动 / 谷伟，张红
编著 . -- 长春：吉林人民出版社，2011.3（2021.8 重印）
（中华魂·百部爱国丛书）
ISBN 978-7-206-07538-4

Ⅰ.①镢… Ⅱ.①谷… ②张… Ⅲ.①革命故事—中
国—当代 Ⅳ.① I247.8

中国版本图书馆 CIP 数据核字 (2011) 第 032597 号

镢头开出新天地：
解放区大生产运动

JUETOU KAICHU XIN TIANDI
JIEFANGQU DASHENGCHAN YUNDONG

编　　著:谷　伟　张　红
责任编辑:赵梁爽　　　　　封面设计:孙浩瀚
制　　作:吉林人民出版社图文设计印务中心
吉林人民出版社出版 发行（长春市人民大街7548号　邮政编码:130022）
印　刷:北京一鑫印务有限责任公司
开　本:787mm×1092mm　　1/16
印　张:8　　　　字　数:64千字
标准书号:ISBN 978-7-206-07538-4
版　次:2011年3月第1版　印　次:2021年8月第2次印刷
定　价:35.00元

如发现印装质量问题,影响阅读,请与出版社联系调换。

总　序

　　《中华魂》是一套故事丛书。它汇集了我国自鸦片战争以来一百八十余年间的近百位民族英雄、仁人志士、革命领袖、先进模范人物的生动感人事迹，表现了他们作为中华儿女的伟大的爱国主义精神。

　　爱国主义是人们对于"生于斯、长于斯、衣食于斯"的祖国的一种神圣感情，是人们对于自己民族的一种强烈的责任感和使命感，是感召和激励整个中华民族的一面永不褪色的旗帜。在一百多年的中国近现代史上，爱国主义一直激励着中华儿女为祖国的独立、统一、进步和繁荣而英勇奋斗。从"苟利国家生死以，岂因祸福避趋之"的林则徐，到"我自横刀向天笑，去留肝胆两昆仑"的谭嗣同；从"铁肩担道义，妙手著文章"的李大钊，到"青春换得江山壮，碧血染将天地红"的赵一曼；从"县委书记的好榜样"的焦裕禄，到"问鼎长天，扬我国威"的邓稼先……都表现出了强烈的爱国主义精神。正是由于热爱祖国的人们前仆后继地奋斗，国家和民族才得以生存，才能够在一次次历史危急关头转危为安，走向兴盛和富强，从而屹立于世界民族之林。爱国主义是鼓舞中华儿女历经忧患、跨越沧桑、百折不挠、自强不息的伟大力量，它贯穿于中华民族的整个历史，并有力地凝聚着五洲四海的中国人。

爱国主义是一个历史的范畴，在社会发展的不同阶段、不同时期有不同的具体内容。革命时期，需要我们为祖国的独立自主出生入死；建设时期，需要我们为祖国的繁荣富强增砖添瓦。在全国各族人民团结一心，开启全面建设社会主义现代化国家新征程的今天,我们要争做一名新时期的爱国者。新时期的爱国者要有强烈的民族自尊心、自豪感。民族自尊心、自豪感是任何时期、任何爱国者都必须具备的情感。民族自尊心能增强我们自立向上的恒心,民族自豪感能树立我们建设祖国的信心。要树立"祖国高于一切"的崇高信念,为了祖国和人民的利益不惜抛却个人的利益,甚至不惜牺牲个人的生命。我们要树立终身学习的理念,拓宽自己的知识面,广泛吸收新知识、新技术,完善自身的知识结构,更新学习知识的方法与理念,从思想上、知识上充分武装自己,为祖国的繁荣昌盛贡献力量。

爱国主义思想的继承和发扬,是关系到民族盛衰、国家兴亡的根本问题。爱国主义思想情操的形成,需要不断地培养。培养爱国主义精神的一个重要途径是向英雄人物和典范事迹学习和致敬。这套丛书的出版,对于青少年向英雄和先进人物学习,特别是对于在中小学生中进行爱国主义教育是不可多得的生动的教材。祝愿此书出版发行成功,为培养时代新人做出贡献。

胡维革

中华魂

百部爱国故事丛书

编　委　会

自己动手，丰衣足食

——毛泽东

目　录

中华魂 百部爱国故事丛书
ZHONGHUA HUN

引　子

同学们，你们听说过大生产运动吗？我这里说的大生产运动可不是一般意义上的工人做工、农民种田的生产运动，而是指在抗日战争最艰苦的阶段，陕甘宁边区的解放区和敌后抗日根据地的军民响应毛主席的号召，为战胜财政、经济和生活上的各种困难而开展的一场大规模的生产自给运动。

枣园内的雕像

陕甘宁边区政府旧址

　　1939年以后，解放区和敌后抗日根据地都遇到了严重的经济困难。一方面，日本帝国主义停止了向国民党战场的战略进攻，而以侵华日军的75％兵力和全部伪军，大举进犯我抗日军民。实行灭绝人性的杀光、烧光、抢光的"三光"政策，还在华北地区挖封锁沟5000公里，筑封锁墙3000余公里，新修据点1万多个、碉堡3万多个，企图彻底消灭我解放区军民。

　　另一方面，蒋介石实行消极抗日、积极"反共"的投降政策，调集了70多万部队布防在解放区周围，构筑了一道道严密的封锁线，对我陕甘宁边区进行军事包围和经济封锁，叫嚷一斤棉花、一尺布也不准进入边区，妄想困死、饿死边区军民。

　　敌人的封锁造成了严重的困难，在一段时间里，解放区军民几乎没有衣穿、没有油吃、没有菜吃、没有纸张、没有鞋袜，工作人员冬天没有被子盖，甚至吃粮也很困难。

怎么办？在这严重困难的时刻，毛主席做出了英明的决策。他说，饿死呢，解散呢，还是自己动手呢？饿死是没有一个人赞成的，解散也是没有一个人赞成的，还是自己动手吧！又说，我们确信我们能够解决经济困难，解决的方法就是"自己动手"四个字。从此，陕甘宁边区和各根据地军民在毛主席这一伟大号召鼓舞下，开展起了轰轰烈烈的大生产运动。

大生产运动是史无前例的伟大创举。在这一创举中，虽无硝烟与战火，却同样涌现出无数可歌可泣的感人事迹。像以身作则、模范带头的纺织能手周恩来、任弼时，像不怕豺狼、甘当"炮兵"、勇于

延安杨家岭革命旧址

开荒的三五九旅指战员——他们虽不像董存瑞、黄继光那样用双手高举炸药包，用身体堵机枪火力点，然而，他

枣园

们在无法生存的情况下找到了生存之路，他们救活了边区 347000 人。他们为战争的胜利奠定了物质基础，更重要的，他们艰苦奋斗的精神以及由此创造的奇迹将向世界证明：任何困难也难不倒共产党领导下的中国人民！

所以，同学们，当你们读完这些故事，你们就会觉得，大生产运动中的官兵是可爱的、伟大的，他们创造了另一个人间奇迹！

纺 线 能 手

在毛泽东"自己动手，丰衣足食"的号召下，延安军民开展了轰轰烈烈的大生产运动。纺线、纺毛、织布、织呢做衣服，以达到丰衣；开荒种地，增种粮食和蔬菜，以达到足食。周恩来从重庆回到延安不久，

就投入了大生产运动。在他和任弼时的亲自带领下，在延安枣园的中央机关和部队中，掀起了纺线生产热潮。无论是党的高级干部和一般干部、学校学员，也无论是部队的指挥员和战斗员，几乎都在工作、学习或练兵的间隙里，手摇纺车，纺棉花，纺羊毛。食堂、会议室、大礼堂，到处都演奏着大生产的交响曲。

听着这首有节奏的交响乐，不知情的人还以为他们早就是纺织行家呢！其实这些纺织行家在三五九旅旅长王震给他们送纺车时，还只是拿过笔杆子、枪杆子而根本没有摇过纺车的人！可见，他们在很短的时间内成为行家里手的确是付出了许多艰辛。

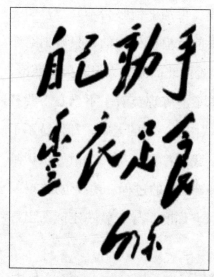

在困难时期，毛泽东提出"自己动手，丰衣足食"的口号

就拿任弼时同志来说，接到纺车后，他高兴极了，马上向早先干过织袜工的妻子陈琼英学习。在他的刻苦努力和研究下，几天以后，他就懂得了摇车速度、卷棉松紧、装锭高低、抽线均匀以及摘渣、

接头等基本要领，能够独立摇车纺线了。

可是，要纺好线，对初学的任弼时来说，并不那么容易。开始，他不知道劲儿往哪儿使，不是毛卷拧成绳，就是棉纱打成结，纺的线粗一段细一段，有时还常断线。再加上他眼睛不好，窑洞光线太暗，纺一会儿，眼前就模模糊糊的，只好把纺车搬到外面。外面又呼啸着西北高原的大风，天气寒冷，不长时间就把手脚冻木了。陈琼英看了不忍心，要替他纺，而任弼时却说："你能当我的老师，却代替不了我纺线。对任何事物，我们都要经历一个由不认识到逐步认识，最后到自由驾驭它的过程。纺线也是这样，只要照这样下去，再加上你的指导，就一定能纺出好线来。"

任弼时正是在这种信念下，虚心好学，反复练习，技术很快提高。他纺起线来，左右手动作协调，用力

大生产运动的开展，使解放区克服了严重的物质困难，改善了军民的生活。这是1942年延安女干部在纺线。

适当，快慢均匀，那棉纱不停地从他左手拇指和食指间流淌出来，又细又长，连绵不断。

周恩来也是这样，他伤残的右手，摇着纺车又酸又痛，可是他又是那样的细心，练着练着，终于和任弼时一样，纺得又快又多，又细又匀。有一次，周恩来笑盈盈地从锭子上摘下纺好的线，谦逊地问大家："请你们严肃认真地评一评。我看，我纺的线只够二等标准啰。"

任弼时接过雪白的线穗，仔细地看后，说："你太谦虚了啊！你纺的线够上头等了，不信请大家来评评。"

旁边的同志传看着，都说完全够头等线的标准。而周恩来却谦虚地说："我这个纺线新手，技术还不熟练，也不巩固，很可能出次品。自己随时随地警惕一点好啰！"

榜样的力量是无穷的。在周恩来、任弼时的亲自带

纺线比赛

动下，原先说自己脑瓜笨，学不会纺线和强调工作忙，不想纺线的同志也纷纷摇起了纺车。每天天不亮，大家一骨碌从床上爬起来，就去摇纺车，吃饭时间到了，也不想站起来，还要多纺一些，不少同志连星期日也不休息。特别是到了晚上，大家坐

军民大生产的歌谱

在油灯前，或者坐在月光下，都"嗡嗡"地纺线。整个场面真是你追我赶，热闹非凡。

为了鼓励大家更加努力，任弼时同志提出了"三互"：互相评比、互相监督、互相竞赛。得到大家的一致响应。于是一场机关干部的纺线比赛就要开始了。

在迎接比赛的日子里，任弼时连续几天吃不好睡不宁，有时对着纺车发一阵子呆，有时又拿着小木棍在地上画个不停。

"你又搞什么名堂？"陈琼英奇怪地问。

"哦，我在琢磨着能不能改进一下纺车，提高纺线生产效率。""我想，比赛不仅要比质量，比拼劲儿，

还要比技术革新、比生产效率。"

功夫不负苦心人。任弼时同志经过几天的苦思冥想，又找来几位纺线能手和干过木匠的同志一起研究，决定在纺车轮子和锭子中间，安上一个加速轮，加快锭子旋转的速度。结果，自古传下来的手工纺车，一下子变了样，纺线速度提高了一倍多。这一革新成果立即受到大家的欢迎和赞赏，参加纺线比赛的热情更高了。

毛泽东听说这件事以后，笑着对周恩来说："你和弼时同志亲自参加劳动，领导纺线，成绩很大嘛！群众都称你们是'纺线英雄'啊！我看，全边区两年内做到花、纱、布、铁、纸和其他很多日用品完全自给，是大有希望的，那我们一概自种、自造、自给，就完全不靠外面了。"

在周恩来、任弼时的带动下，纺线又进入一个新的高潮。

一天上午，天气晴朗。在枣园园林里的广场上，整齐地排

纺线图

列着二百多辆手摇纺车，挤满了机关、部队的男女同志和枣园乡的农民妇女，个个精神抖擞，人人喜气洋洋。

上午8时，周恩来、任弼时来到比赛场上，受到大家的热烈欢迎。周恩来笑盈盈地说："我们也是来参加比赛的。咱们互相学习，总结交流经验吧！"

接着，评判员向大家宣布了比赛的有关事宜后，"嘟！"一声哨音吹响，选手们像战场上的勇士听到冲锋号一样，迅速动手摇车纺线，顿时，百车齐鸣，一片"嗡嗡嗡"的响声像飞机在腾飞，又如轮船在航行。

周恩来、任弼时和大家一样，既紧张又沉着。不一会儿，接线穗子一层层加大，加大再加大，一个饱凸凸的线穗从锭子上拿下来，接着又眼疾手快地接上线继续纺起来。他们的动作是那样娴熟，技术是那样高超，在一旁观战的同志，个个赞不绝口。这时，任弼时的脸上已经渗出了汗水，但他的纺车不仅没减速度，反而转得更快了。大家一个劲儿地为他鼓掌，大

喊："首长加油！首长加油！"

三个小时紧张地过去了，纺线比赛在又一声哨声中结束了。周恩来停下纺车站起来，笑着碰了一下任弼时说："怎么样？你这个老病号恐怕吃不消了吧？"

"不碍事，现在觉得有点腰酸腿麻，可一比起赛来，就什么也不觉得了。"任弼时高兴地答道。

周恩来说："是啊！劳动是一件愉快的事情，同困难做斗争，同自然做斗争，真是乐在其中啊！"

当天下午，经过评比，周恩来、任弼时均获得"纺线能手"称号。

从此"纺线能手"的故事传遍整个解放区，它鼓励着解放区的官兵加紧纺线，勇于拓荒，向一切艰难险阻开战！

枣 园

枣园是中共中央书记处所在地，位于延安城西北8公里处。这里原是一家地主的庄园，中共中央进驻延安后，为中央社会部驻地，遂改名为"延园"，现旧址大门石柱两侧尚有康生所书"延园"二字。1944年至1947年3月，中共中央书记处由杨家岭迁驻此地。中共中央书记处成员在此居住期间，继续领导全党开展了整风运动和解放区军民开展的大生产运动，筹备了中国共产党"七大"，领导全国军民取得了抗日战争的最后胜利，并领导全国人民为争取民主团结，和平建国，同国民党顽固派进行了针锋相对的斗争，为粉碎国民党反动派的全面内战做了充分准备。

毛泽东在此居住期间，写下了《关于领导方法的若干问题》《开展根据地的减租、生产和拥政爱民运动》《评国民党十一中全会和三届三次国民参政会》《组织起来》《两三年内完成学习经济工作》《学习和时局》《评蒋介石在双十节的演说》《文化工作中的统一战线》《论联合政府》《抗日战争胜利后的时局和我们的方针》《对日寇的最后一战》《关于重庆谈判》《建立巩固的东北根据地》等许多指导中国革命的重要文章，仅收入《毛泽东选集》的就有28篇。

在此期间发生了不少重大事件。1944年11月，毛泽东在这里接见了美国总统罗斯福的私人代表、后任美驻华大使赫尔利，并进行了两天两夜的会谈，签署了关于成立联合政府中共给国民政府的五点建议。12月，又在居地会客会见了包瑞德，对国民党的三点建议给予有力批驳。次年8月，他由这里出发赴重庆与蒋介石谈判。1943年，在解放区军民大生产运动中，枣园举行军民纺线比赛，周恩来和任弼时都被评为"纺线能手"。1945年8月，毛泽东、周恩来赴重庆谈判，由刘少奇代理中共中央主席职务，主持中央工作。9月15日，刘少奇召集朱德、彭德怀、任弼时、陈云、叶剑英等领导同志开会讨论东北问题，决定成立以彭真为书记的中共中央东北局，派遣中共中央政治局委员彭真、陈云、高岗、张闻天和四分之一以上的正式和候补中央委员，率领两万干部和十万大军挺进东北。9月19日，刘少奇、朱德经请示毛泽东主席，起草了《关于向北发展、向南防御的战略方针》的党内指示，有力地支援了重庆的谈判斗争，对缩短战线、集中兵力、发展和巩固东北根据地起了重要作用。1947年2月，经叶剑英介绍，刘少奇和王光美在此

枣园旧址

地结婚。1944年9月8日，毛泽东在枣园后沟的西山脚下，出席了张思德烈士追悼大会，亲笔题写挽词："向为人民利益而牺牲的张思德同志致敬！"并发表了《为人民服务》的重要讲话。1947年中共中央撤离延安后，国民党军队对延安进行了毁灭性破坏，枣园也遭到严重损坏。1953年后，人民政府开始陆续依照原貌维修。

现枣园旧址有中央书记处小礼堂，毛泽东、周恩来、刘少奇、朱德、任弼时、张闻天、彭德怀旧居，"为人民服务"讲话台、中央医务所、幸福渠等景点。枣园是一个园林式的革命纪念地，春、夏、秋、冬景色秀丽，环境清幽，交通方便，终年游客不断。1996年，第五届全国大学生运动会"世纪之火"火炬传递活动采集"革命之火"火种的仪式在枣园隆重举行。枣园已成为全国革命传统教育的重要基地之一。

镢头开出新开地
——解放区大生产运动

永远的丰碑：人民的"骆驼"任弼时

任弼时是伟大的马克思主义者，杰出的无产阶级革命家、政治家和组织家，是以毛泽东为核心的中国共产党第一代领导集体的成员。

任弼时，原名任培国，湖南湘阴（今属汨罗市）人，1904年4月30日生。1920年8月加入中国社会主义青年团。1922年初加入中国共产党。1925年7月任团中央总书记。1927年5月在中共五大上当选为中央委员。国共合作破裂后，1927年8

任弼时与家人在延安

月7日出席在汉口召开的中共中央紧急会议，积极主张土地革命，当选为中共临时中央政治局委员。1928年在中共六大上继续当选为中央委员。1931年在中共六届四中全会上当选为中央政治局委员。1935年11月与贺龙率红二、红六军团长征，长征中坚定地拥护以毛泽东为代表的中共中央，同张国焘的分裂行为做斗争，力促红军三大主力胜利会师。抗日战争爆发后，任中共中央军委华北分会委员、八路军政治部主任，和朱德、彭德怀等率八路军开赴山西前线抗战。1938年3月，代表中共中央赴莫斯科向共产国际系统地汇报中国抗战形势与中国共产党的工作和任务，阐明以毛泽东为代表的抗日民族统一战线，取得了共产国际的理解和支持。1940年3月回国后参加中共中央书记处工作。1941年9月任中共中央秘书长，协助毛泽东领导整风和大生产运动，并受中央委托主持《关于若干历史问题的决议》的起草工作。1943年3月与毛泽东、刘少奇组成以毛泽东为首的中共中央书记处。1945年在中共七届一中全会

上当选为中央政治局委员、书记处书记。1946年后，和毛泽东、周恩来一起转战南北，协助毛泽东指挥全国解放战争，制定中国共产党的土地政策和开展土地改革

工作。1949年初，指导建立中国新民主主义青年团，被推选为团中央名誉主席。

任弼时对事业和工作恪守着"能坚持走一百步，就不该走九十九步"的准则，长期抱病工作。过度劳累使病情突然加重，1950年10月27日在北京逝世，终年46岁。叶剑英同志非常中肯地评价说："他是我们党的骆驼，中国人民的骆驼，担负着沉重的担子，走着漫长的艰苦道路，没有休息，没有享受，没有个人的任何计较。他是杰出的共产主义者，是我们党最好的党员，是我们的模范。"

革命老人拾粪忙

　　林伯渠是我党少数几个从20世纪初就投身于中国革命的杰出的共产主义战士和优秀的无产阶级革命家之一。

　　当陕甘宁边区开展大生产运动时，他正任陕甘宁边区政府主席。因此，他积极号召大家参加大生产运动。主持边区政府制定了一系列有利于大生产的政策，如鼓励移民垦荒，决定就开荒地三年免征公粮，并对劳动模范给予奖励；提倡劳动互助，精耕细作；在甘泉、延川等十余县号召并组织种植棉花；发动群众织布、炼硝盐等，大大激发了边区人民群众的生产热情。

　　同时，林伯渠不仅领导边区生产，还带头参加生产。1944年新年，他在边区政府的墙报上发表了个人生产节约计划：一、从农业生产上，完成细粮二石交粮食局（用变工合作方法）；二、收集废纸交建设厅；三、从

油画 1928年，朱德、毛泽东井冈山会师

二月十五日起戒绝吸外来纸烟；四、六年的棉衣、单衣、衬衣、鞋袜、被褥、毛巾、肥皂，完全不要公家供给。他还写了一首生产节约诗：待

林伯渠故居及铜像

客开水不装烟，领的衣被用三年……

林伯渠严格要求自己，订出计划就坚决执行。例如，每天早晨天不亮，他就起床拾粪，无论天多冷，路多滑，一直坚持。当地有个叫惠疙瘩的农民，见林老每天早上拾粪，深受感动，便领着儿子挑起两担粪倒在他的粪堆上，说："您老年纪那么大了，政府事情又多，以后我们就帮您拾了。"林伯渠说："虽然我年纪大些，在政府中有工作，但我也要参加大生产运动，我也是一个普通的老百姓。"

林老就是这样以一个普通劳动者的身份，积极参加大生产运动的。

像林老这样以身作则的好干部，还有很多很多，例如朱德总司令就是一个好榜样。

自从陕北军民开展大生产运动以来，朱总司令就带头种菜、纺线。他种的冬瓜、辣椒、西红柿都长得

很好。收获的东西，他自己留很少一点，大多数都交给了公家。总司令白天工作繁忙，就利用傍晚浇地、种菜，清早背筐拾粪。

有一天，一个雨后的早晨，低温阴冷。延安中央党校的几个同学以为这样的天气不会有人拾粪，于是就起个大早，抢先到延河边一带拾粪。正当他们拾得起劲的时候，突然发现迎面走来一高一矮两个人，也在干着同样的活计。

"你们是哪个支部的？怎么腿这么长，跑到我们的前面去了？"党校的一个同学开玩笑地大声问。

"我的腿是长一点，大个子嘛，腿当然就长，但总比不上你们年轻人眼尖、手灵、脚快呀，你们是全面的优势嘛！"

好熟悉的四川

林伯渠用过的纺车

林伯渠用过的水井

朱德

口音。"啊，总司令，是前几天刚给我们讲课的朱总司令。"党校的一位同学首先认了出来。

大家定神一看，果然是朱德同志。只见他穿一件灰色粗布上衣，打着绑腿，一手提筐，一手拿铲，巍然屹立在凛冽的寒风中，后边站着他的警卫员。

"总司令早。"同学们不约而同地说。

"你们比我更早嘛，看，你们都拾了半筐了，我才拾了一点点。"总司令微微一笑。

有位同学伸手去夺总司令手里的粪筐，想往他的筐里拨点粪，总司令忙说："使不得，使不得，那我不成了'剥削户'了？地主剥削农民的粮食，我当总司令的剥削战士的肥料，这多难听。"说完，总司令大笑起来，在寂静的黎明里，他那爽朗的笑声传得很远、很远。

看到总司令那么一把年纪，还同大家一样拾粪，大家心里真是过意不去，有位同学说："总司令，您事情那么多，大事情都操劳不完，就不要来拾粪了，什么时候需要肥料，只要通知我们一声，我们就给您送去，或者让警卫员到我们党校来挑，都行。"

总司令严肃地说："那怎么行？哪有当总司令的就不能拾粪的道理？我们大家都是农民出身，这些活在家时都是干过的嘛。这些年忙于行军打仗，好久没生产了。现在国民党逼着我们搞生产，我们就要上下一起来干，同心协力，克服困难。"

听着总司令亲切的话语，大家深深地感动了。延安的大生产运动就是

朱德蜡像

镢头开出新开地
——解放区大生产运动

这样，凡是要求战士做到的，各级领导都带头，上至主席、总司令，统统如此，没有什么特殊的。

拓展阅读
TUOZHAN YUEDU

朱德与母亲雕塑

在"朱德诞生地"陈列馆内，油灯下，一脸慈祥的母亲正在纺线。在她身旁坐着一个孩子，右手托着腮帮，望着母亲。这个孩子就是幼年时的朱德。

朱德与母亲雕塑

林伯渠创办了延安农业试验场

1943年，林伯渠为了发展边区的农业，筹划创办了延安农业试验场——光华农场，进行农业科学研究，推广农业先进技术，指导科学种田。在勘察农场场址时，他骑着毛驴，带领着几位农学系毕业的科技人员，踏遍了延安杜甫川的山山水水。他挂根木棍，爬到高山之巅，俯视整个山川，最后选定一块背山面川、向阳临溪的有利地形，作为农场场址。几百亩川地种植农作物和蔬菜，大片坡地栽培各种果树，山地植树造林，周围的荒山饲放牛羊，溪水饮畜和灌溉。在林伯渠的指导和支持下，光华农场很快修建起办公室、宿舍和简易实验室，以及做实验用的糖坊和烤烟房。他还特别批准建造一座酒坊，酿酒提炼酒精，保障延安卫生部门的需要。为了促进农业科研事业的发展，林伯渠把延安许多有农科专业特长的人才都调到光华农场。人数虽然不多，但专业颇为齐全，搞农艺、园艺、林业、植保、畜牧、兽医、养蜂、养蚕、水利和农业经济的全有。林伯渠和边区政府对他们的研究成果也非常重视。1942年，甘泉等县牛瘟流行，给生产带来严重威胁，林伯渠立即指示光华农场派兽医前往防治，陈凌风等用土法研制的兽疫预防针和治疫血清，仅几个月时间，就扑灭了边区七个县的牛瘟。光华农场试种烤烟成功后，立即在边区得到推广，不久还在延安办起了卷烟厂，它出产的"曙光"牌香烟，成了当时边区受欢迎的畅销商品。光华农场的许多图书资料以及种畜、粮食、蔬菜的优良籽种，也都是林伯渠想方设法通过各种渠道购买来的。光华农场引进和培育了适合陕北高原种植的狼尾谷、马齿玉米、春小麦、白皮马铃薯和甜菜等农作物；试种了卷心白菜、金皇后番茄、四季菜豆、露

稻谷脱壳用的垄子

八分萝卜等180多种蔬菜；试栽了梓树、大苹果、西洋梨、法国葡萄等10多种果树；培植了20多种草木花卉；饲养了200多头奶牛。这些都不同程度地凝结着林伯渠的心血。

在发展农业生产中，除采取了以上重大措施外，还有鼓励和推广植棉、发放农贷、改造二流子等措施，这些也都起了积极的作用。林伯渠对边区工业的发展也非常重视。早在抗战初期，他就指示边区政府用联合国救济总署援助的一笔款，办起了"难民工厂"，亲自选定当地干部吴生秀当厂长。以后又陆续办起了纺织、农具、皮革、化工、制药、造纸、火柴等工厂。为了解决技术力量问题，他从武汉、西安等地物色技术干部和熟练工人，送他们到边区来发展工业。他还指示民政厅和组织部把当过县长或建设科长的当地干部，如盐池县的金体元、米脂县的艾秉勤等派到工厂当管理干部，并要求他们注意招收本地工人，为陕甘宁培养技术人才。

留守兵团变"炮兵"

　　1938年底、1939年初，国民党政府对内反共、对外投降的倾向已经明朗化，开始了对陕甘宁边区实行经济封锁。吃不上饭、穿不上衣的危险，严重地威胁着延安，威胁着革命。在主力部队开赴前线抗日后，为巩固八路军、新四军的总后方陕甘宁根据地，萧劲光同志奉党中央之命组建留守兵团，担负起"保卫党中央，保卫毛主席，保卫陕甘宁边区"的重任。并响应毛主席"自己动手，丰衣足食"的号召，留守兵团首先开始生产运动。

　　当时的陕甘宁边区地瘠民贫，生活十分艰苦，境内匪患严重；在陕甘宁边区的西、南、北三面是国民党几十万大军封锁，东面临接黄河千里河防，日军随

南泥湾革命旧址

时准备向我军进攻；而留守部队整个兵力开始不足，困难很多，留守任务相当繁重。就是在这样的情况下，萧劲光同志率领留守部队的广大指战员，在党中央、毛主席的领导下，一边战斗，一边整训，一边生产，迅速剿灭了边区境内的土匪；打退了日军西渡黄河的多次进攻；打破了国民党顽固派的军事、经济封锁，使部队战斗力大大提高，迅速走上了正规化建设的道路，完成了毛主席交给的把这支来自各方面的比较散乱的部队，迅速建设成一支具有很强战斗力，打不烂、拖不垮的正规兵团的任务。

早在1938年他们就动员全体指战员，在没有直接作战任务的条件下，除训练、教育时间外，利用一切时间从事种菜、养猪、打柴、打手衣、做鞋等。其中最艰难的任务是开荒种田。单就教导营来讲，头一年，留守兵团给他们的任务就是种地三千亩。三千亩可不是个

自己动手，土法炼铁，制造手榴弹

小数目，一则他们共有不到600人，二则说是种地，其实并无现成的地可种。陕北那个地方，地多人少，荒山野岭有的是，但是要把从未种过庄稼的或已经荒芜很久的土地一寸一寸地开垦出来，并且

参加拥军支前的妇女数以百万计，特别是她们给八路军提供了大量军鞋、布匹等，为部队解决了服装的困难。

当年就种上各种农作物，这确实不是件容易的事。在三五九旅，上至旅长军官，下至士兵伙夫、将士们两头不见太阳地上山开荒，开展劳动竞赛，使得旅部不得不制定了一条奇特的劳动纪律：劳动时不得早到迟退。在红红火火的开荒竞赛中，涌现出赵占奎、李位、刘顺清等一批劳动模范。

"气死牛"郝树才的事迹至今被人津津乐道。1943年3月，三五九旅94个开荒能手齐集一起，进行生产大比武，一连三天，郝树才天天保持4亩以上纪录。一位农民不服，提议他和牛比赛开荒，结果，牛被累得口吐白沫，郝树才还生龙活虎，从此"气死牛"变

成了开荒能手的集体雅号。

三五九旅的战士以南方人居多，而南泥湾的气候又温润柔和，于是一种创新的想法产生了：在南泥湾种水稻。至此，战士们不仅吃上了大米，浩瀚稻田也成就了陕北的江南。

生产初期，由于经验不足，战士们也经受了极大的考验。当时在政治部担任宣传干事的杨士斌回忆说，刚开始劳动的时候，手上就磨出了血泡，脚也一样，他们戏称自己是"炮兵旅"。他们的干部和学员，虽然大都是农民出身，而且不少人扛枪已有好些年头了，手脚并不娇嫩，但是，对于连续的大面积的开荒，许多同志都不太适应，还没干上两天，大家就感到腰酸、

南泥湾第一次种上了水稻

背痛，有的同志胳膊红肿了，几乎所有的同志手上都起了泡。初时是一个两个，很快就是一串。有的开始起的是水泡，后来变成了血泡。起了泡的手握着硬邦邦的锄把，锄头再碰到荒地上产生轻微的，有时甚至是剧烈的振荡，那滋味真受不了。特别是泡破了，水或血流出来，手指上露出白白的嫩肉时，稍微一碰，火辣辣的，就针扎一样难受。如果是国民党的军队，给他二百块大洋，他们也受不了这种苦。可是共产党领导下的留守兵团的战士却勇敢地、坚韧地与土地和血泡战斗着。有的同志还风趣地说："我们从步兵变为'炮兵'了，一个人就是一个'炮兵班'，全营就是一个'炮兵师'，胡宗南我们都不怕，还愁三千亩地拿不下来？"这个战士的话更加激励了士兵们的干劲。就这样，"炮兵"们天天坚持天不亮就起床，中午在山上吃饭，下午天都黑了才回来，一天起码在山上干十个钟头。有的同志累得腰都弯不下去，胳膊都抬不起来，他们用热水烫一烫，用热毛巾敷一敷，第二天又接着干。有的同志手上的泡起了又穿，穿了又起，大家擦点碘酒，用毛巾把手包起来，又继续干。开始，他们开荒的进度老是上不去，有的同志一天只开三四分地，到后来他们平均在八分以上。有一位叫高普仁的营长，是陕北红军，当地人，每天开荒一亩二分。

待到"炮兵"们手上的泡磨成老茧时，分布在好几个山头的三千亩地已是绿浪滔滔了。

同教导营的"炮兵"们一样，延安的机关、学校一个个也都变成了"炮兵"部队。他们同样以战斗的姿态、高昂的情绪，投身到开荒种地的热潮中来。延

南泥湾大生产运动纪念馆内的雕像

安附近一切有荒地的山头，布满了男男女女、老老少少开荒的"炮兵"，他们自动宣布劳动纪律，提出劳动竞赛，劳动歌声响彻山冈，《开荒歌》《生产大合唱》就是

陕甘宁边区在"自己动手，丰衣足食"的口号鼓舞下，战士们生产搞得热火朝天。

这个时候产生的。

"炮兵"们的精神不仅体现在开荒种地上，也体现在机关学校的生产自给活动中。机关学校的同志们响应李富春努力发展生产、提高自给能力、保证丰衣足食、建设革命家务的号召，艰苦创业。在工业方面，他们从纺织业开始，先是手工纺毛，继之成立手工纺织厂，后来合并为交通、团结两大纺织厂。经过不断地、刻苦地摸索研究，改革技术和管理方法，逐步走上正轨。除了纺织厂外，又陆续开办了被服厂、制鞋厂、煤炭厂、木工厂、造纸厂、陶瓷厂、磨面厂、榨油厂和铁器厂等。在商业方面，主要是经营百

货。有的独立经营，有的合股。除了开设商店，还做沿途叫卖的"走水生意"。机关学校通过工商业的经营，弥补了各机关、学校的伙食费、被服费和办公费，解决了迫在眉睫的财政困难，而且奠定了自给经济的基础。

望着一座座充满生机的工厂，望着满山遍野的丰

1941年，在经济极端困难的条件下，八路军留守兵团在延安建立了后方医院。

收景象，军队、机关、学校的"炮兵"们沉浸在丰收的喜悦、胜利的欢欣和对革命前途的美好向往中。

三五九旅是模范

为了粉碎敌人的经济封锁，响应党中央和毛主席"发展生产、自力更生"的伟大号召，整个陕甘宁边区掀起了轰轰烈烈的大生产运动。在这次大生产运动中，驻守在南泥湾的三五九旅克服艰难险阻，创造了我国历史上军队屯田未有的奇迹，举世闻名，成为抗日战争时期大生产运动的一面光辉旗帜。

三五九旅是八路军一二〇师贺龙师长率领下的一支劲旅。这时的旅长兼政委是王震，副旅长是苏进，

20世纪40年代初，著名的三五九旅在南泥湾开荒生产

三五九旅在南泥湾开荒搞生产

副政委是王恩茂。抗日战争爆发后，三五九旅即开赴华北前线抗日，曾与兄弟部队共同开辟晋察冀、晋绥等敌后抗日根据地，为抗日战争建立过巨大功勋，也扩大了部队，有许多陕北、华北抗日优秀健儿参加了部队。1939年冬，党中央为了防备日寇和国民党武装袭击陕甘宁边区，将三五九旅调回陕北，在绥德一带担任守备黄河防线的警戒任务。那时，三五九旅便积极开展了农业、工业和运输事业的生产，获得了显著的成就。只是驻防地区缺少荒地开垦，未能开展大规模的农业粮食生产。随后1940—1941年间，国民党顽固派挑起的两次反共高潮，使我边区完全失去外援，财政困难

大垦荒时期的效果图

更加严重，部队为了保障自身的吃穿供应，迫切需要从事大规模的农业生产。

到哪里进行大规模的生产呢？朱德总司令经过详细的调查与研究，选中了南泥湾作为部队屯垦的基地。

南泥湾位于延安东南百余里，是延安县金盆区的一个乡，方圆百余里。相传在19世纪八九十年代，南泥湾一带曾是人丁兴旺的农业之乡，由于清朝反动统治者挑动回汉民族互相械斗残杀，人烟断绝，成了虎豹豺狼出没的荒野。这里不但有可供耕种的肥沃荒地百万

军民响应号召积极开展大生产运动

亩，适于大面积开垦，同时又是陕甘宁边区的前哨，往南就是国民党统治区，是守卫边区的南大门，具有重要的军事战略地位。因此，朱德总司令曾亲自踏看南泥湾，亲自组织南泥湾的开展工作。他还嘱咐全旅指战员："一定要拿下这荒山沟，把南泥湾变成米粮川，变成陕北的好江南。敌人来了，你们就打仗，敌人不来，你们就生产。"从此，一场为战胜物质困难，坚持抗日斗争的军队生产自给运动，就在南泥湾展开了。

在抗日战争最艰苦的1941年春，王震旅长率领三五九旅的干部战士来到了荒凉空旷、野兽出没的南泥湾垦荒。他们提出了"在深山密林安家，向荒山野林要粮"的战斗口号。全旅上自旅长，下到饲养员、炊事员、干部家属，全都投入到热火朝天的劳动中。

在荒山坡上，在野山沟里，在水塘河流边上，大

大生产时期在南泥湾开荒建房

镢头开出新开地
——解放区大生产运动

家干起活来，真像打冲锋一样，你追我赶，互不相让，山上山下，到处听见刀劈斧砍的响声。只见镢头挥舞、泥土纷飞，什么狼牙刺、老蒿子、蝎子草、羊胡子草……都在战士们面前纷纷倒下，一块一块新开垦的土地，在战士们脚下展现出来。有的战士被狼牙刺、蝎子草划破了脸、戳伤了手，他们包扎一下，又投入了战斗。手磨肿了不喊苦，腿痛腰酸了也不停脚。炊事员送饭来了，战士们一声呐喊，"再加一把油，挖到那儿再吃饭。"镢头像雨点一样，噼里啪啦，片刻一块新地又开了出来。

班与班提出挑战，排与排、连与连展开竞赛。整个南泥湾都沸腾了。山上那个班，唱起了快板：

镢头低，要用力。

慢慢挖，莫着急。

挖得深，挖得细。

要求并不高，每天一亩一。

山下的战士马上应和：

分开地，见高低。

每个人，要尽力。

谁先完，谁胜利。

接着，另一个山头上又响起了歌声：

铁打的胳膊铜打的肩，

一镢下去尺二三；

草根儿嘎巴一声响，

毛泽东主席在杨家岭居住的地方。1938年11月，毛泽东由凤凰山迁移这里，在这里领导了延安大生产运动和整风运动。

土块儿似浪向上翻。

快板和歌声，就这样此起彼落，震荡着整个山野，开荒纪录日日上升，英雄人物层出不穷。三营模范班长李位，不但领导全班经常保持平均每人每日开荒一亩五以上的纪录，而

这是来到延安的青年学生在露天学习

八路军战士坐在纺纱车前纺纱

且自己干得很出色。在一次比赛中，他一天开荒三亩六分七，激励了全团同志的斗志。九连连长白银雪，奋起直追，在连续十五个小时的劳动中，挖地五亩四分六，获得了全旅第一名。战士杜林森身高力大，苦干巧干，一天里开了六亩三分五，创下了更高的纪录。

艰苦的奋战，结出了丰硕的果实。到1944年，全旅种地二十六万多亩，收获粮食三万六千石，除全旅食用外，上缴公粮一万石，并做到两人一头猪，一人一只羊。为此，党中央多次表扬并奖励了三五九旅。

今日的南泥湾

今日的南泥湾，已逐渐成为一个历史文化旅游名镇。通过近年来的努力，村村通了电话，开通了有线电视网络，加大了人畜饮水工程，大力推广生态能源。尤其是2003年延安市区两级政府投资实施了南泥湾小城镇开发建设一期工程，新修了道路、排洪渠和广场，完成了辅助设施的建设。小城镇建设一期工程的实施，极大地改善了南泥湾的投资旅游环境和人居环境，提升了南泥湾小城镇品位，一改"好听、能唱、难看"的落后面貌，使其以崭新的姿态展现于世人面前。现在南泥湾供参观的有毛泽东旧居、烈士纪念碑、九龙泉饮水亭、桃宝峪红楼等旧址和南泥湾大生产展览馆。这些是进行延安精神再教育的最好教材。特别是大生产展览室内陈设的物品和资料，基本包括了大生产运动的全部，这里的资料是革命先辈艰苦创业的真实写照，是进行革命传统教育的好材料。

近年来，镇党委确定的以养牛为主的草畜产业发展迅速，全镇养殖业已初具规模，不仅增加了农民收入，而且逐渐改善了群众生活水平，也为南泥湾经济实现又好又快发展奠定了良好基础。南泥湾具有得天独厚的历史文化资源和自然生态环境，基础设施条件的不断改善，自然生态环境的保护，与独特的历史文化资源融为一体，推动集革命传统教育、生态旅游等于一体的特色旅游向前发展，使南泥湾逐渐成为一个生态型"红色旅游"名镇。

王震将军纪念雕像

初到南泥湾

　　1941年3月的一天，延河刚刚解冻不久，从塞外吹来的风还带着几分寒意，可是三五九旅的战士们却怀着兴奋而又激动的心情告别了延安，踏上通往南泥湾的大路。

　　浩浩荡荡的开荒大军，通过七里铺，转入山沟，渐渐地看到了茂密的山林和宽阔无边的荒草地。早晨的阳光，透过山沟里升起的白雾，照射着这座寂静的山林，照射着刚刚解冻的清水河，为山林溪流披上彩色的外衣。山沟里，古木丛林遮蔽着天空，从正在发

毛泽东就是在这个窑洞里题写了"自力更生，丰衣足食"

镢头开出新开地

——解放区大生产运动

绿的枝芽上，洒下了点点阳光，洒在松软的土地上。高大的白桦挺立在丛林之中，一簇簇的海棠、栗树、红枫和正在发芽的野葡萄、山楂、杜梨，构成了花团锦簇的百果林。

越过五六十里的山沟，登上山冈，纵眼一望，身前身后到处都是大片的肥沃的土地，满山遍野蒙着白蒿、野花和荆棘。抓起一把泥土放在手心里，在阳光下黑油油的。啊，南泥湾啊！多么美丽的景色，多么富饶的土地！它原是边区的宝地，怎么能让它继续沉睡下去呢？于是战士们发誓一定要把这荒山野岭开垦成富饶美丽的田园。

南泥湾的景色的确很美，然而拓荒者却十分艰难！正像歌词里唱的"原来的南泥湾，处处是荒山，没呀人烟……"因此，三五九旅初到南泥湾，一方面必须抓紧时间开荒，以便赶上季节，按时播种；一方面还迫切需要解决部队的吃、住问题。整整一个旅，外加直属炮兵团先后开进南泥湾、九龙泉、马坊、临镇一带。接着，又从榆林、神木、横山、佳县等地来了一些移民。树林里、山崖下到处住满了部队，仅有的几个破烂不堪的旧窑洞成了很好的办公室。战士们大都住在用树枝临时搭起的草棚里，有的同志甚至露营在野地上。晚上睡觉，听到野兽的嗥叫，直担心豹子和野狼会钻过来。避雨是茂密的树叶，遮风是齐眉的野草。虽然战士们有坚韧不拔的毅力，挖地归来，躺在这些深草丛里的窝铺里，就能做出香甜的梦，可为了战士们的身体，必须改变这种栖息树林、露宿野地的情况。旅首长和各团负责同志决定在抓紧开荒的同时，

南泥湾大生产纪念馆广场

前来枣园给中共中央领导拜年的群众秧歌队

抽出一定的力量突击打窑，提出了"建造我们的阵地，建造我们的家园"的口号。

打窑工程开始了。旅、团首长和全体同志一样，成天紧张地忙碌着，从这架山到那架山，又看地形，寻找打窑洞的地点。打窑的同志天不亮就都起来钻到泥土里去工作。当收工号响后，大家走出窑洞的时候，满身都是泥土，如果你不仔细辨认，就分辨不出谁是张三、谁是李四来。尤其是夏天，太阳光既毒又热，挖窑工作更是辛苦。为了节省衣服，大家只穿一条短裤，和泥土搏斗，浑身上下到处都是汗水，土粘上去把人变成了泥人。夏天蚊子、牛虻又特别多，光着身子劳动，身上经常被叮，长了许多又痒又痛的大疙瘩。

由于部队进行紧张繁重的体力劳动，特别需要改善伙食。但是在当时，这却是一件不容易办好的事情！粮食、油盐都需要组织人力到一百里甚至百里以外去背，来回要三四天才能走一趟。有时每人还要背上柴去卖。背粮时布口袋不够用，战士就将自己的裤子扎起来当口袋用。一路上，要穿过遍地长满五六尺高的蝎子草、狼牙刺，杂七杂八的矮丛树和密密层层的大树林。虽然中间偶尔有几条羊肠小道，也因长期无人行走，已长满荒草荆棘，行走十分困难。有一次，在逼近年节的前几天，因为部队缺乏粮食，七一八团陈宗尧团长就亲自冒着冰天雪地，带领战士去延长背粮。在回来经过延水时，他毫不犹豫地首先破冰涉水走了过去，使战士们深

抗大学员在战斗进军中学习的雕像

毛泽东会见美国记者安娜·路易斯·斯特朗，那句著名的"一切反动派都是纸老虎，胜利是属于人民的"话就是坐在这张石桌前说的。

受感动。因此，虽然有些同志在雪地上摔了跤，但从没有人叫苦，都说："团长都这样，我们更不能叫苦了。"有时陈团长在路上还提出和大家竞赛，比比看谁走得快。因此同志们在陈团长的模范行动的影响下，再苦再累，情绪也是高涨的。沿途老乡看到这支背粮部队，都感动地说："你们八路军真是太辛苦了，本来我们应该送的，你们却来背了！""要在国民党时期，我们送还送不赢呢！"

即使粮食有了保证，吃菜也是个大问题。没有菜吃，只好到山上、河边去挖野菜，要维持生存不难，可要吃饱、吃好却是不容易。当时"打牙祭"指望杀猪是办不到的，只有让同志们上山猎取。当然，战士们是很有办法的，他们趁夏天山鸡的翅毛褪落、换新毛以前，跑步追捕它们。如果能猎取一只野猪或野羊回来，那就可以大大改善一下伙食。河沟、水渠战士们也没有放过，那里是鱼、鳖、虾、蟹样样都有。司号员韦少坤是从小就在水边上长大的，他最会摸鱼捞虾，只要他下水搞个把钟头，上来不是一脸盆小鱼，就是几只"王八"，保险不落空。想吃鸡蛋也有办法，夏天是山鸡生卵期，在还未孵出小鸡之前，如果能在野草间找到一窝，起码有十几个，足够几个人美美地吃上一顿。

在毛泽东等的号召和带动下，陕甘宁边区掀起了大生产的热潮。这是延安干部学校学员在开荒。

王震旅长是湖南人，会做几种南方菜，他常到伙房指导炊事员做菜，甚至亲

自动手，想方设法来改善部队的伙食，提高大家的营养水平。他做的泥鳅、黄鳝煎野芹菜、豹子肉炒辣椒，成为大家公认的美味。

穿的方面更是艰难，每个战士一年只发一套军衣，平时就得缝缝补补，开起荒来在树丛里穿来穿去，衣服磨损得更快。战士们为了节省衣服，夏天不顾烈日暴晒，光着膀子开荒、种地、打场，后背晒得一层层暴皮。而且，每人只有一条裤子，许多同志没裤子换，洗裤子的时候，蹲在河里，等晒干了才爬上岸来重新穿上它。同志们的长裤磨破了改成短裤，短裤磨破了改成裤衩，裤衩再磨碎了，就编成布条打草鞋，或糊成布壳纳鞋底，总是一块布头也舍不得丢掉。最难过的是冬天，西北风呼呼狂啸着，黄土高原上的冬天来得早，春天又来得迟，战士的棉衣，大都是羊毛捻成的线织的，比麻袋还粗，一个小孔一个小孔的，里头的棉絮是牛毛和羊绒，刚做起来还像个样，穿过几天就往下掉，裤腿软软乎乎，活像条没装满的布袋。没有袜子穿，拼块破布包上脚用绳子一捆。没有牙刷牙膏，洗脸时在手巾上放点盐擦擦牙……

其实生活中所遇到的一些问题，只是整个困难中的一部分，在开荒生产的过程中，他们克服了更多、更艰巨的困难。

首先是开荒的工具不够，面对那样大的开荒任务，每个连才二十多把镢头，生产的进度很慢。因此，王

延安干部们指导大生产运动

镢头开出新开地
——解放区大生产运动

震旅长提出每人一把镢头，一把锄头、每个单位四犋犁、八头耕牛的号召，并责成各级供给机关负责筹备。但是经费是有限的，单纯依靠拿

老百姓帮战士们做鞋

钱购买远不能解决问题。因此，这仍然靠走群众路线，靠大家想办法。凡是能够自己加工制造的一律不买，自己不能制造的也尽量利用废铁换，不得已时再拿钱买，他们常把自己生产的食盐驮到黄河沿岸一带，用一斤半盐交换一斤铁，并就地请工人打造。有时，为交换他们所急需的货物，他们砍下坚硬的柏树，卖给村民，因为周围边区里的民众都喜欢用它做棺。而且当地的村长、农民都尽力帮助他们，借给他们旧的农具。终于他们的农具得到了基本的解决，正如王震同志对一名外国记者说的："我的部下，有一个年轻的刘连长，他在山顶上的破庙里，发现了一只大而古老的铁钟（这对于缺铁的陕北来说真是罕见的），搬下来是太重了（不知道是怎么搬上去的）。刘连长就在钟的下面掘了一个大洞将

电影音乐舞蹈史诗《东方红》中郭兰英在演唱《南泥湾》

它熔化了。我们找到几个铁匠，他们教我的部下将这个大钟所得到的两千磅的铁，和从别的村庄所得到的一些废料制造成农具。""我们制造了比我们需要的还多的农具。我们廉价售给农民，但是，首先，我们将借来的农具换成新的还给了他们，你们在初次停下来的冷水岸地方所见到的新的锄头，就是由我们军队里的铁匠制成的。"至于粪筐、扁担、绳子等小用具，全由各连队自行解决。战士们利用柳条、榆条编粪筐，熟练的一天就能编四五个。战士们都夸奖这些工具得力顺手，说："有了它们，荒山变良田。"

拓展阅读
TUOZHAN
YUEDU

《南泥湾》歌词全文

花篮的花儿香，听我来唱一唱。来到了南泥湾，南泥湾好地方。好地方来好风光，到处是庄稼，遍地是牛羊。往年的南泥湾，到处呀是荒山。如今的南泥湾，与往年不一般，再不是旧模样，是陕北的好江南。陕北的好江南，鲜花开满山。学习那南泥湾，处处是江南。又战斗来又生产，三五九旅是模范，咱们走向前，鲜花送模范。

陕北江南好风光

军歌故事：大生产运动与《南泥湾》

"花篮的花儿香，听我来唱一唱。来到了南泥湾，南泥湾好地方……"这首《南泥湾》，成为抗日战争时期我军开展大生产运动的见证。

抗日战争时期，由于日军对抗日民主根据地频频发起进攻，根据地的生产力遭到极大破坏，敌后军民生活面临极大困难。为了战胜困难，坚持抗战，争取胜利，中共中央、中央军委提出发展生产的策略。1939 年春，毛泽东向陕甘宁边区军民提出"自己动手，生产自给""自力更生，克服困难"的方针。1940 年 2 月 10 日，中共中央、中央军委发出《关于开展生产运动的指示》：斗争已进入更艰苦阶段，财政经济问题的解决，必须提到政治的高度，望军政首长、各级政治机关努力领导今年部队中的生产运动。开辟财源，克服困难，争取战争的胜利，并要求全军"一面战斗、一面生产、一面学习"。八路军

拓展阅读
TUOZHAN
YUEDU

野战政治部也发出《关于生产运动的指示》。

在这种形势下，大生产运动率先在陕甘宁边区轰轰烈烈展开。1941年初，王震率三五九旅开赴南泥湾军垦屯田，创造出自力更生、艰苦奋斗、官兵一致、同甘共苦的"南泥湾精神"。1942年9月9日，《解放日报》发表《积极推行"南泥湾政策"》的社论，号召各根据地学习三五九旅的经验。

歌曲《南泥湾》由著名诗人贺敬之作词。当时，19岁的贺敬之被三五九旅广大官兵开展大生产运动的热情所感动，便一口气写出这首《南泥湾》的歌词。25岁的作曲家马可立即为其谱曲。这首歌曲一共三段，共用一个民间气息极其浓厚的音调，很快就在陕甘宁边区传唱开来。歌唱家郭兰英演唱起来层次分明，十分动人。1964年，这首《南泥湾》被选入音乐舞蹈史诗《东方红》。

朱德选中的第一块"试验田"

1940年，由秋至冬，朱德曾三番五次从延安前往南泥湾实地勘察，其目的是为遭受敌军经济封锁的陕甘宁边区部队，物色一块垦荒屯田的好场地。穷则思变，这是抵抗国民党封锁的唯一出路。

1939年1月，国民党五届五中全会秘密通过《限制异党活动办法》，制定出一整套"反共的政策"。自此，蒋介石的反共活动愈演愈烈，下达严密封锁陕甘宁边区的命令，调集以胡宗南部为主的大批军队分驻边区周围各县，形成围困之势，并对边区进行经济封锁，不但停发八路军军饷、弹药、被服等物资，还阻断了边区同外界的一切联系。

严重的财政经济困难，使陕甘宁边区一筹莫展。在敌人包围封锁面前，是饿死，解散，还是自己动手？饿死没人赞成，解散也无人应和，唯有"自己动手，丰衣足食"。毛泽东

镢头开出新开地
——解放区大生产运动

的伟大号召，吹响了边区军民大生产运动的号角。

基于此，朱德开始为部队的生存殚精竭虑。在视察了南泥湾等地后，他效法古代，提出了军垦屯田的政策，即部队在不影响战斗、训练的情况下，推行垦荒屯田，这和毛泽东"自己动手，丰衣足食"的号召一拍即合。很快，第一块被选中的"试验田"诞生了，它就是南泥湾。

这块不起眼的荒地有幸成了历史的见证。那时的它只是延安县金盆区的一个乡，方圆数百里渺无人烟，一片荒芜，荆棘遍野，野兽出没。而这般颓景之下蕴藏的却是肥沃的土壤，充沛的水源。如何开垦？如何改造？朱德将思索留给了三五九旅旅长王震，留给了三五九旅近万名的战士。

南泥湾，究竟是块"香饽饽"，还是"烫手的山芋"？王震心里没底，但他深信"人定胜天"的道理。

开 荒 热 潮

　　南泥湾一带由于长期没有人烟，在这里想找一块熟地耕种是不容易的，即使偶尔发现一块土地有被前人耕种过的痕迹，但现在也荒芜得不成样子了。因此要想在这里发展农业生产，首要任务就是开荒。开荒在当时主要是靠两只手一把镢头，这在整个生产过程中要算一项最艰巨、最困难的任务。因此，在具备了一些农具之后，全体指战员掀起了轰轰烈烈的开荒热潮。

　　每天，天麻麻亮，同志们就起床，在单位首长的率领下，边走边哼着自编的秧歌小调"从早上工哪呼嗨，一直挖到太阳落……"向荒山进军。

　　同志们开荒热情很高。有时，炊事员送饭来了，

生产组长就给大家在前面指定一个目标说："同志们，再加一把劲儿，挖到前面 X 地就吃饭。"于是镢头就像雨点一样叭叭直落，前面稍为慢一

军民正在播种水稻

点，后面就喊道："前面快些，挖到你的腿了。"片刻之间就开辟出一块新地来。有时，刚一开罢饭，就有很多同志拿起镢头掘起来，领队同志要他们多休息一会儿，他们总是不肯，说："不要紧，干吧！年轻小伙子，怕什么？"常常未等开工的哨子响，就都自动地干起来了。每当收工的时候，也常常要掀起几个新的"冲锋"，这里有人提议："再干五分钟！"那里有人说："再突击一块地！"就这样，有时一股劲就突击一个山峁。

这里的荒地大多是狼牙刺地、蝎子草地、老蒿子地、猫儿草地和羊胡子草地等。这些荒地开起来既费劲又不好挖，有时为了砍掉一堆丛树，就要花很长时间。特别是狼牙刺和梢林，一不留神，就会被梢子打了脸和手，或被刺戳破衣服和肉。有很多同志也当了"炮兵"，但谁也不叫苦，谁也不肯落后一步。

同志们在开荒中不仅有高度的热情，而且还创造了不少的办法。如有的单位抓住了"敌人"的特点，发明了一种"火攻"战术，即凡遇草深、荆棘多的荒地，开荒之前先把荒草荆棘点燃，顷刻间，满山烟火，迎风呼啸。风火过去之处，就出现一片黑魆魆的平地。这样不仅节省了开荒的时间与同志们的劳动，而且还给我们待耕种的"处女地"上施了一层好肥料。在平地开荒时有一种"打包围"的战术，就是大家首先从周围开始，向中心进展。包围圈愈来愈缩小，大家情绪也就越来越高，一直到消灭这块荒地为止。在山上开荒就采用"从中突破"的战术，就是先从山下选择

镢头开出新开地
——解放区大生产运动

一点向上挖去，先把荒地分裂为两块，然后再向两边发展，把大块分成小块，最后"各个突破"，这样就不会一下子被大块荒地吓住，使战士们干起来有信心。

在开荒的生产中，从1941年初，三五九旅就取消了各级勤务员，从旅长到排长都以身作则，战斗在开荒第一线，担负和战士一样的生产自给任务。所不同的是，凡出现困难的地方，干部总是冲在前面。旅长兼政委王震同志在大生产运动中既是组织领导者、教育者，又是一个垦荒者。他穿着和他部下许多士兵一样的破旧的制服和草鞋。早出晚归，跟战士们一起垦荒。他的双手也和他的部下一样，由于劳动而生满了茧。后来国际和平医院的一位医生告诉记者，他最近给旅长的大足趾敷上了药膏，因为他和别的长官一样，在和士兵们一起工作时，让一袋很重的煤块压坏了足趾。王震旅长就是这样与战士同甘苦、共欢乐，因此他被边区军民选为劳动英雄，毛主席亲笔题词"有创造性"，表扬他。在王震旅长的带动下，其他领导也积极带头，为大生产运动献策、献力。七一八团政委左齐同志在抗日战争中失去了右臂，不能参加开荒，但他也不肯站在生产战线之外，他一有空就帮着炊事员烧水做饭，唯恐误了吃饭时间，使大家挨饿。他经常挑着担子到山上去给战士们送水，大家喝了他送的水，都感到增添了新的力量。左政委有时还拿自己的津贴买些红枣给大家做枣糕吃，当同志们吃着那香甜可口的枣糕时，都被左政委这种行动感动了，激起了无比的劳动热情。七一七团团长陈外欧同志虽然左手残废，但仍和李铨政委以及副团长、参谋长等带领着他们的警卫员单独组织生产小组，和普通战士一样进行开荒生产。因驻地离荒地远，他们就搬到山上住，把电话架在山上。白天参加开荒，晚上就在山上办公，他们八个人开垦的这一座山，不仅面积大，而且草木丛生，乍一看，简直叫你无法下手，决心不大的人，就会被这种困难吓倒，可是他们谁也不胆怯。第一仗，他们先来个"火烧曹营"，全歼了敌人"八十三万人马"，接着就打扫"战场"，选择场地进行开荒。陈宗尧领导的团部生产小组，是由参谋长、警卫员、司号员等八人组成的。这个小组在开荒战斗中一直走在最前面。陈团长是战斗中的英雄，又是生产中的模范。他和战士们像一群和睦的弟兄，边劳动，边学习生产知识，研究生产技术。陈团长举起亮晶晶的镢头，弯着腰，挥着汗，领着大家不停地挖。挖倒的梢林，成材的当材，或做柴火；碎小的树枝和草根，烧在地里，做了肥料。把整块整块的梢林土地，一镢一镢地翻得平平整整，土块打得碎碎的，然后播上谷子。陈团长背着

065

镢头开出新开地

——解放区大生产运动

陕甘宁边区的三边，是西北著名的产盐区，当地居民积极参加大生产运动，保证了边区的需要。图为晒盐的情景。

镢头，从南山走到北山，查看各连的开荒情况。有一次，一个老战士远远地看到团长的身影，兴奋地说："同志们，团长看我们来啦！"一个刚从伪军中解放过来的新战士望望那个背镢头的人，有点不相信。因为在反动军队里，他见到的团长，一出门后面至少跟三个护兵。瞧那人背着镢头，怎么会是团长呢？直到他确认真是团长，才感慨地说："我今天才真正知道，八路军的官兵完全一样。"陈团长经常这样走遍各连工地，一面检查研究，一面了解下面有什么问题和大家共同解决。他带的开荒小组只有八人，可17天里就开荒130多亩。领导的带头作用，使大家深受鼓舞。十连战士就自动发起土镢头运动，在收工前后，战士们喊着："这是给团长代耕的土镢头，使劲啊！"三营战士们向团长保证："每人每天都要超过一亩。"

在轰轰烈烈的开荒热潮中，干部家属也不甘落后，他们为开荒生产同样贡献了自己的力量。她们除了自己纺纱，解决自己和孩子的吃穿以外，一有时间就去帮助战士们洗洗缝缝。补充团的干部家属们，为这事还开会作了决议，要求洗干净、补结实；手巧的人还要补得好看；耽误了的纺纱任务，以后补上；孩子多的可为附近战士洗补衣服；没有孩子，身体又强壮的，可去较远的单位为战士洗补衣服。这一点，刚从伪军

秧齐苗壮

杨家岭毛泽东的故居。在这个小院里，毛泽东工作生活了五年。在这里，他写下了《纪念白求恩》《整顿党的作风》等文章。

解放过来的新战士感受最深，他们说："我们八路军，男的种地，女的纺纱，又帮我们洗洗缝缝，真是个革命的大家庭。"

在领导的带动下，战士们更加干劲冲天，干起活来，像打冲锋一样，你追我赶，互不相让。山上山下，到处听见刀劈斧砍的响声，随处可见镢头挥舞，泥土纷扬。

朱德种出了"蔬菜王国"

1941年5月，朱德在王震的陪同下到南泥湾视察。视察中，他勉励在南泥湾开荒的三五九旅的干部战士们一定要做群众的模范，一定要把生产运动搞起来，要用自己的双手，做到生产自给，丰衣足食。他还经常深入工厂、田间调查研究，总结经验，指导生产。

不仅如此，朱德自己也处处以身作则。他纺的毛线质量很好，还和身边几个勤务员一起组成生产小组，在王家坪开垦了3亩菜地，在里面种上了白菜、冬瓜、土豆、南瓜等各种蔬菜，就像一个"蔬菜王国"。几位勤务员年纪很轻，没有种过菜，朱德种菜却是个能手。就像他指挥作战一样，他种菜也很有一套法子。他手把手地教他们掘地、点籽、浇水，每道程序都有条不紊。

因为朱德有着丰富的农业知识，所以他种的菜质量好，产量高，品种又多，在当地是很

069

镢头开出新开地
——解放区大生产运动

有名的。1943年11月底，陕甘宁边区召开劳动英雄大会，举办边区生产展览会。会上，朱德展出了他亲手种出的一个大冬瓜，大家看后都很感动。有一个干部当场写了一首诗：工余种菜又栽花，统帅勤劳天下夸；愿把此风扬四海，逢人先说大冬瓜。

南泥湾山脚下平整的农田。时值隆冬，虽然不见任何庄稼，但经过白雪装扮的一块块农田，在眼前茅草的衬托下显得异常妩媚。

自力更生的凯歌

经过三五九旅全体指战员几年的艰苦奋斗，南泥湾的面貌发生了根本的变化。到处是庄稼，遍地是牛羊，荒凉的南泥湾变成了陕北的好江南。

1942年7月，朱德总司令到南泥湾视察，兴奋地赋诗称赞：

去年初到此，遍地皆荒草。

夜无宿营地，破窑亦难找。

今辟新市场，洞房满山腰。

平川种嘉禾，水田栽新稻。

屯田仅告成，战士粗温饱。

农场牛羊肥，马兰造纸俏。

南泥湾的生产是农业、工业、商业三位一体的。他们除了开垦旱田、水田，发展畜牧业之外，还创办了纺织厂、鞋厂、肥皂厂、造纸厂，有了自己的盐井、炭井、磨坊、油坊、骡马店。旅供给部办

参加垦荒的八路军战士用过的小油灯

的大光纺织厂能够织出闪光布、斜纹布、华达呢，品种达到200多种，远销清涧、吴堡等地。在三年的时间内，打下了一个能够自给自足的经济基础，自给自足程度逐年提高，1941年，平均每人种了约6亩大田、半亩菜地，每百人养了20头左右猪。共收细粮1200石，做到了蔬菜大部分自给和粮食部分自给。同时建立了革命家务。1942年，粮食就自给了一半，蔬菜、肉食、油以及鞋袜全部自给。战士的伙食大为改善，每人每月吃2斤肉，每天平均5钱油、5钱盐、1斤半

菜，会餐还能吃到鸡鸭、大米和白面。干部、战士住上平整、光洁、舒适宽敞的窑洞。各连队驻地都堆满了山药蛋、萝卜和白菜。1943年，各项屯垦事业进一步扩大，全旅共收获细粮12000石，每个连队都收获了10万斤以上的山药蛋和南瓜。农业的丰收，也为部队开办的工业、运输业的发展提供了物质基础。这年，旅办的大光纺织厂生产了宽布1万多匹，使部队在穿衣方面得到了进一步改善。每年供应每人1套棉衣、2套衬衣和2套单衣，2顶帽子，还有绑腿、粮袋、子弹带等，并经常补充棉被。1944年，全旅达到了全部经费、物质自给，不仅粮食可以积余一年，做到"耕二余一"，而且开始向边区政府上缴公粮。

总之，全旅指战员在南泥湾开荒耕种了35万多亩土地，打了1000多孔窑洞，建起600多间平房，置了1

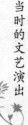

当时的文艺演出

延安有许多革命遗址，如凤凰山、宝塔山、杨家岭、王家坪等。许多著名的历史事件都发生在延安，像延安文艺工作座谈会、整风运动、中共七大召开等。

万多件家具和农具。部队在物质上取得丰硕成果，在军事政治训练上取得很大成绩，干部战士锻炼得更加坚强，文化生活搞得丰富多彩，生动活泼。

当然部队很珍惜自己的劳动果实，注意节约。部队在困难的时候，节衣缩食；在生产自给有余的时候，仍然勤俭节约，把富日子当穷日子过。旅首长曾向全旅发出号召："生产要多，消费要省。"1942年以后，部队已经达到了粮菜自给，但还是将瓜菜、红薯、山药蛋等掺和在粮食里做"八宝饭"吃，而且每天仍然坚持吃两干一稀。从1941年起，部队基本上没有向上级领过被子。战士们的被子里的棉絮，早就滚成了一团团的疙瘩了，可是发新被子时，战士们谁也不肯要，说："哪天打败了日本鬼子，哪天就换被子。"军服的供应改善了，战士们仍保持着垦荒初期的艰苦朴素。夏天，他们仍然光着膀子干活，宁肯背上被太阳晒掉几层皮，也舍不得穿上新军服。天冷了，也只穿上补丁叠补丁的破旧衣裤。上级发下的新军服，都仔细收藏好，只在过节或检阅时拿出来穿一下。领到了新鞋，也放在包袱里，平时就用马兰草和破布条打草鞋穿。同时，他们仍然模范地遵守三大纪律、八项注意，不侵犯群众任何利益，不给群众带来任何困难，还经常派出干部、战士帮助群众生产，把部队的畜力借给群众使用。部队拥政爱民，群众拥军优属，逢年过节，

大生产时的场面

镢头开出新开地

——解放区大生产运动

在延安革命纪念馆门前，有许多当地老乡做的道具，如防线车、开荒使用的镢头等。

部队和当地群众在一起联欢，军民亲如一家人。

三五九旅全体指战员，用自己的行动证明，他们在战斗中是英雄，在生产中也是好汉。他们具有坚忍的毅力，克服了无数艰难险阻，创造了部队屯垦史上的奇迹。他们不但逐步实现生产自给，不吃公粮，而且从1943年起开始向边区政府上缴公粮，为粉碎日伪军和国民党的经济封锁奠定了强大的物质基础，受到党中央和毛主席的高度赞扬。

1943年9月，毛主席亲临南泥湾，视察三五九旅。当毛主席走进刷得雪白的窑洞，看到桌子、凳子和一切家具都是自己做的时，微笑着说：你们这

延安革命纪念馆内展示当时的革命情景

里什么都不花钱，同志们靠着自己的双手创造了一切。当他们向毛主席汇报了部队生产情况后，毛主席高兴地说："国民党要困死我们，饿死我们，他们越困，你们越胖了。看，困得同志们连拐柳病都消灭了。"毛主席在谈话中还深刻地指出："困难，并不是不可征服的怪物，大家动手征服它，它就低头了。大家自力更生，吃的、穿的、用的都有了。目前我们没有外援，假定将来有了外援，也还是要以自力更生为主。"毛主席的这一光辉思想，更加鼓舞和激励三五九旅指战员，更加艰苦奋斗，自力更生，克服困难，争取更大的胜利。

光华商店

将士们在南泥湾除了进行农业生产，还自办工厂、合作社，大到军工机械，小到棉布火柴都是自己造的。肥皂是"大光"牌的，自造的"马兰纸"可以写钢笔字，自制的纽扣有锡、铜、木三种，牙刷、牙粉没有一个是进口的。

生产的物品自己用不完，三五九旅在周边开办了十几家"光华商店"，战士们还到三边地区（靖边、安边、定边）驮盐回来卖，在南泥湾形成了以农为主，工、商并举的发展方式。

"那时的大生产劳动，不光有精神层面的激励，在物质上也采取了一些奖励措施。""开荒打开局面后，战士量力而行，可以承包种植，最高的时候可以产三得一。同时，士兵百姓还可以在合作社或者商店里入股分红，如此，不仅使经营有了资金保证，也极大地调动了大家的生产积极性。"到1944年底，三五九旅开荒种地达26万亩，收获粮食37000石（1石＝300市斤）。1941年的自给率为78.55％，1943年增长为93.3％。1944年秋，南泥湾的粮食除满足自给外，还主动向边区政府上缴粮食1万石，做到了耕一余一。

在"自己动手，丰衣足食"等口号的鼓舞下，南泥湾带动了边区其他地区深入大规模地开展大生产运动，大大减轻了老百姓的负担，为我党赢得了更广泛的群众支持。毛主席曾说："我们用自己动手的办法，达到了丰衣足食的目的，我们的军队既不要国民党政府发饷，也不要边区政府发饷，也不要老百姓发饷，完全由军队自己供给，这一个创造，对于我们的民族解放事业该有多么重大的意义啊！"

镢头开出新开地
——解放区大生产运动

延安革命纪念馆

在敌后开展大生产运动

　　1942年，敌人"五一扫荡"后，冀中抗日根据地的环境更艰苦了。敌人为了巩固其统治，三里一个碉堡，五里一个据点，鬼子、伪军今天抢牲口、抢粮食，明天抓人修岗楼、挖封锁沟。真是天灾紧跟着人祸，一连两年旱灾。老百姓望着天，望着敌人的岗楼，只是不住地摇头叹气，谁还有心思种地呀！

　　敌人多，他们倒不怕，因为我们的部队就是在敌强我弱的情况下成长起来的，但吃饭问题却越来越严重了。他们亲眼看到，老乡们把"坚壁"的两三升粮食拿出来，死劝活说地送给战士。而人民的战士在这

种情况下有饭也咽不下。这样，部队领导规定，吃饭要和房东合伙。每到一家，战士们的糠、粮食，房东的野菜、糠，掺在一起，大家一块做，一块吃。

大家都咬着牙关，勒着腰带，经受这残酷而艰苦的考验。

就在这最艰苦的时候，党发出了在敌后也要开展大生产运动的指示，号召他们向三五九旅和陕甘宁边区的其他留守部队学习，想方设法，自己动手、丰衣足食。这一指示像黑暗中的太阳，照亮了战士们的眼睛，也照亮了他们的心。

1944年春暖花开的时候，部队和游击区的人民一起，开展了大生产运动。村边上，野地里，都经常出现战士们，他们穿着老百姓的衣裳，腰里掖着短枪，有的拾粪，有的点种，坟前庙后、大道两旁都播下了种子。

但是，他们对自己的成绩，立刻又感到不满意了。这儿种两棵，那儿种两棵，一星半点，算什么大生产

呢！于是，他们心里又不安起来，想种地，可是到哪去找地呢？

有一天，当他们又讨论起生产问题时，房东听见后笑着说："地有，只怕没人敢种。……村北岗楼跟前多少好地呀！"

的确，岗楼周围都是好地，敌人经常打枪，不让人种，好地变成荒地了，年年长些野草。

老乡的话引起了同志们的极大兴趣，战士们纷纷议论起来。大队长是个胆大心细的人，他同意大家的意见："我们拿枪的不怕，岗楼上的伪军被我们打怕了，我们要在这块荒地上种庄稼！也'蚕食''蚕食'他们。"（当时敌人向我根据地步步进攻叫"蚕食"）

在火力和警戒配备好以后，杨干事拿着喇叭筒向岗楼喊道：

"伪军同胞们听着，今晚我们又来给你们讲话了……"

"……"楼上没人回答，但喧哗声马上终止，偶尔有一两声咳嗽声。战士们知道，敌人在静静地听着，这是多少次政治攻势的结果。

于是，杨干事把苏德战场上的胜利、我们各解放区的胜利都喊给他们听，并告诉他们："边区要开展大生产了，你们的岗楼占地太多，老百姓要种地，这是抗日的大事，是延安的命令，你们不准打枪，不准抢牲口，否则以破坏生产、以铁心汉奸惩办！"

"张班长，你们听清了吗？"杨干事讲完了，又指着名字要他们回答。

"是，是，听清了。"这些打出来的"朋友"不得不搭腔。伪军们始终没敢打枪，直到战士们走远了，才"砰砰"地鸣了两声。

在一个月明如昼的晚上，战士们扛着犁又来到岗楼下，同来的还有房东和他邀来的十几个青年，他们也扛着犁，说跟战士们种一点算一点，不然，就跟着看看"热闹"（指给伪军进行政治攻势）。这些战火中锻炼出来的小伙子，个个是天不怕地不怕，在岗楼跟前活动是家常便饭，但在岗楼前跟着生产还是第一次。傍晚，每个人都把武器擦拭了一遍，还多吃了两个掺着糠的饼子，不知谁这样说了一句："楼上的要打就给他几枪，不打，这两个饼子也能耕半亩地顶半条牛腿。"说得大家都笑了。

在岗楼前生产的确是件紧张而又愉快的事情，怕敌人万一打枪伤人，因此每张犁上不能用人太多，但人们不知哪来的那股劲儿，在月光下，犁像飞的一样。饿了，咬两口掺糠的饼子，累了，喘口气，擦擦汗，继续拉着犁跑，虽然谁都不说一句话，心里却胜利地笑着。

　　岗楼上的伪军和往常一样，不时地吆喝两声，作为他们岗楼间的联络，或者无聊地哼个小调。战士们的机枪、步枪瞄准着他们岗楼上的枪眼，准备还击，还好，敌人一枪也没敢打。

　　当然，敌人总是敌人，要叫他驯服，就要坚决地揍他。这些"朋友"都是打出来的，如高李庄岗楼的伪军就是这样，战士们一喊话，他就砰砰地给两枪，种地更困难了。这是一个铁心汉奸"陶班长"干的。当这个陶班长下岗楼催粮的时候，战士把他捉住枪毙了，并张贴了政府判处他死刑的布告，晚上再去喊话。从这以后，种地一枪也不响了。

　　还有，唐邱据点住着一个伪军大队，伪大队长自恃人多枪好，不听战士们的警告，几次出洞抢粮抢牲口，并且出来的快，回去的也快，很不好打。战士们下决心一定要打他，终于探得他将于某日在南门外列队欢迎伪所长，战士们四五十人埋伏在南门两侧，打了他个痛快，从此他也老实多了。

冀中敌后生产的经验传播得非常快，区中央和民兵也采用了这个办法，晚上喊话，白天耕种。伪军在岗楼上望着，再也不敢下来捣乱，他也不知道哪是八路军，哪是老百姓。

不久，庄稼长起来了，在岗楼附近活动更加方便了。每天下午，谁都愿扛着锄、带条枪跟班长去锄地，锄地的时候，几个人还可以唱唱歌子哩，那时，他们最喜欢唱的歌曲是：

　　　　"哪怕敌人疯狂扫荡，
　　　　点线密如蛛网，
　　　　任凭汉奸丧心病狂，
　　　　施尽阴谋伎俩，
　　　　我们依然站稳坚定的立场，
　　　　彻底实现光明的希望。
　　　　我们党是胜利的保障，
　　　　广大群众是不可战胜的力量……"

枣园毛泽东旧居

　　看，冀中抗日根据地军民有多么大的风度和气魄呀！他们竟在敌人的碉堡下，开了荒、耕了地、收了庄稼，度过了抗日战争时期如此艰难的岁月。而其他许多敌后抗日根据地也是这样，边战斗，边开荒生产进行自我保障。那么，为什么他们会有那么大的勇气和力量呢？正如他们歌词里唱的那样，因为"我们党是胜利的保障，广大群众是不可战胜的力量……"

　　以上是解放区和敌后抗日根据地军民在1938—1944年为了粉碎敌人的经济封锁，保卫解放区，巩固敌后根据地而进行的大生产运动的几个故事。看完这些故事，难道你不觉得中国共产党领导下的抗日军民什么困难也不怕，他们不仅有战胜敌人的英雄气概，

同时也有改造自然的力量吗？难道你不觉得那时的军爱民、民拥军、军民亲如一家人的精神感人吗？难道你不觉得毛主席、朱总司令、周恩来等领导同志，那种自力更生，艰苦创业，与士兵同甘苦、共患难的精神感人肺腑吗？

是的，当年自力更生艰苦创业的革命精神，实事求是、一切从实际出发的科学态度，首长负责、亲自动手、深入实际、深入群众的优良传统和作风等，都是革命战争年代的产物，但对于我们进行现代化建设的今天仍然是需要继承和发扬的。尤其是我们国家尚在发展中，要赶上和超过发达国家仍需要漫长的旅程，需要几代人前赴后继的努力。因此，我们更应坚持"自力更生，艰苦创业"的精神。

为革命胜利烧炭

　　1944年，抗日战争进入了第7个年头。这年春天，张思德已经在毛主席身边站岗10个月。他响应组织号召来到距离延安300多公里的安塞县石峡峪庄开荒种地，担任农场的副队长。在开荒生产中，张思德总是哪里最苦最累，就带头在哪里干。打井、修路、种地、挖窑，都跑在前头，每天早出晚归。每逢假日，张思德总是留下来看家，整理院子，修理工具，牵上骡子到五六里远的山沟里驮水，回来把同志们没洗的衣服一件件找来洗净、晒干。到了农忙的时候，张思德就带领大家帮助附近的老乡，特别是帮助那些劳力少或家里有病人的农户干活。

几个月以后，眼看着谷子、糜子、玉米天天长高、长大了，战士们都特别高兴。农历七月，天气渐渐凉了，农场决定轮流进山烧木炭，好准备过冬，因为张思德曾几次烧过木炭，有经验，农场决定由张思德负责烧炭任务。当队长问张思德有什么困难时，张思德坚定地回答："请领导和同志们放心，我是共产党员，为人民的利益，就是拼出命，也要把炭烧好！"

　　1944年9月5日，一大早下起了毛毛雨。地皮湿漉漉的，地里的活儿干不成了，大伙儿都建议争取时间多打窑，多烧炭，队长和张思德商量以后，决定临时组织一个突击队，进山赶挖几个新窑。

张思德带着小白、小朱、小李等8个战士，精神焕发，干劲十足，一路唱着歌到了庙河沟的山林，沾满露水的青冈树叶显得鲜红欲滴，高大的白桦、松树更加挺拔。

　　张思德带着8

张思德

个战士，分成3个组，分散在3个地方挖。

张思德和战士小白一起干。窑越挖越深了，但是，里面还是直不起腰。张思德钻在里面，猫着腰，累得满头大汗。小白蹲在洞口朝里边喊："组长，出来歇歇，让我进去干会儿吧！"

"不用了！"张思德总是这样照顾别的同志。

这时，天更加阴了下来，牛毛细雨下大了。张思德赶紧从窑洞里钻出来，把一条背炭用的麻袋披在小白身上。小白说："天气凉，你也披一条吧！"张思德说："我不要紧！"说着，张思德拿上两条麻袋，向山后沟走去，小李、小朱几个战士见张思德送来了"雨具"，干得更欢了。他们喊道："小雨大干，大雨猛干，不下雨拼命干，保证今天挖好窑！"

张思德也高兴地说："好哇！"说着，把麻袋递到了战士们的手里，顶着雨回到自己干活的地方，和小白一起继续挖窑。

1944年9月8日，毛主席参加了一名普通战士的追悼会，他不仅亲笔写了挽词，而且发表了著名的演说《为人民服务》。这位被领袖追悼的普通战士，就是张思德。几十年间，"为人民服务"这一光辉的口号同张思德的名字一起响彻了中华大地。

小白请求说："这回让我进去挖一会儿吧！"张思德见外面还在下雨，窑里也能容下两个人了，就说："好，进去多注意！"小白的意思是让张思德在外面歇一会儿，见他还要钻进去，

镢头开出新开地
——解放区大生产运动

当时的一些教材和书籍

就说："你太累了，先歇会儿，我去干一阵儿。"张思德说："我不累。我们得赶紧把炭窑挖成，好多出几窑炭。现在革命需要炭，领导和同志们需要炭，多出一窑，就是为抗战多做一份贡献！"说着，张思德把头上的雨珠一撸，又钻进了窑里。

张思德和小白继续在窑洞里干活。张思德用小镢刨窑壁、窑顶，小白用锨将刨下来的土扔到窑外。山风传来秋雨打在山林树叶上发出的清晰的响声。两个人在窑洞里紧张而有序地干着，不时地交谈着。

"小白，你听过毛主席的报告吗？"

"听过！"

"我们收完庄稼，烧好炭，回枣园又能见到毛主席啦!"

"是啊!"

"要是见到毛主席也烤上我们烧的炭火,那该多高兴!"

两个人一边干活,一边说话,虽然非常累,却感到非常愉快。

雨渐渐停了下来。快到中午时分,眼看着一眼炭窑就要挖成了。为了保证质量,张思德又拿着小镢头开始修整窑面,见哪儿突出,他就挖平、修光,非常认真。

就在张思德修整右边的窑壁时,突然,窑顶上"啪啪"掉下几片碎土。

1944年9月22日,毛主席在《解放日报》上发表文章纪念张思德。

南泥湾人民居住的窑洞，打的土窑洞，接的石窑口

"快出去，有危险！"张思德大喊一声，小白还没有
领悟过来，刚要转身，张思德手疾眼快，一把将他推出
窑口，就在这时候，只听"轰隆"一声，两米多厚的窑
顶坍塌下来。意外的事情发生了！小白在窑口被压住半
截身子，张思德被整个埋在坍下来的土里边。小白大声
急叫："张思德！"呼喊声穿过山谷，传遍山林。

张思德为了人民的利益，为了战友的安全，献出
了自己年轻的生命，他才29岁。

1944年9月8日下午，中共中央直属机关举行了
"追悼张思德同志大会"。会场设在枣园后沟的西山脚
下。一大清早，同志们就纷纷进山采摘松枝、野花，
给英雄扎花圈，会场前面的土台上摆满了花圈。

伟大领袖毛主席亲自参加了张思德同志的追悼大

会。

毛主席亲自将花圈献在土台子中央，挽联上，毛主席亲笔写着："向为人民利益而牺牲的张思德同志致敬！"

就是在这个追悼会上，伟大领袖毛主席做了《为人民服务》的著名讲演。他稳步走上讲台，打着手势，亲切地讲道："我们的共产党和共产党所领导的八路军、新四军，是革命的队伍，我们这个队伍完全是为着解放人民的，是彻底地为人民的利益工作的。张思德同志就是我们这个队伍中的一个同志。"

"人总是要死的，但死的意义有不同。中国古时候有个文学家叫作司马迁的说过：'人固有一死，或重于泰山，或轻于鸿毛。'为人民利益而死，就比泰山还重；替法西斯卖力，替剥削人民和压迫人民的人去死，就比鸿毛还轻。张思德同志是为人民利益而死的，他的死是比泰山还要重的。"

毛主席还说："我们的同志在困难的时候，要看到成绩，要

张思德烧木炭

大生产运动的纪念雕像

看到光明，要提高我们的勇气。中国人民正在受难，我们有责任解救他们，我们要奋斗。要奋斗就会有牺牲，死人的事是经常发生的。但是我们想到人民的利益，想到大多数人民的痛苦，我们为人民而死，就是死得其所。"

　　张思德同志是全心全意为人民服务的典范。他的一生短暂、平凡，但是，他的崇高精神，永放光芒。

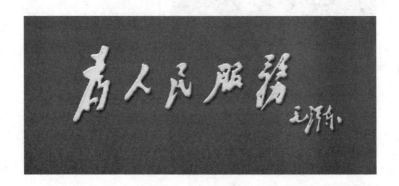

千方百计送好信

1940年春天，张思德被分配到中央军委警卫营，担任通信班长。当时条件很差，也非常艰苦，送信没有交通工具，甚至连雨衣都没有。

千方百计送好信，是张思德最大的愿望。他凭着对党对人民的一颗红心，凭着对敌人的刻骨仇恨，用两只铁脚板，跋山涉水，克服各种困难，一次又一次胜利地完成了任务。

有一天，鸡刚刚叫过头遍，天上还是满天星斗的时候，张思德被叫到营部。营长交给张思德一封信，认真地说："这是一封很重要的信，你马上出发送到南泥湾，明天天黑之前，务必带着收条回来！"张思德答道："是！"就把信揣进怀里，敬了个礼，疾步走出窑洞。营长好像发现了什么，追出窑洞，喊了一句："张思德！把我的鞋换上再走！"张思德一边走一边说："不用啦！"

从延安北桥儿沟到南泥湾有40多公里路，都是土路。张思德一路攀山、爬坡、走小道，没走多远，脚上的草鞋就磨飞了。他光着脚板走了一段路，山上满是石头、荆棘，脚趾被石头碰破，脚面也被荆棘拉破几条口子，直流血。怎么办？走得太慢，怎么按时完成送信任务呢？张思德心里很着急。他向周围看了看，跑到一棵老桦树下，齐齐地剥下几层桦树皮，叠在一起，又在山坡上找了一些马莲草，搓成绳子，把桦树皮穿起来，绑在两只脚上。就这样，张思德穿着自己亲手做的"桦皮鞋"，忍受着疼痛，提前赶到了南泥湾，出色地完成了送信任务。

还有一次，张思德和小侯一起去送信。他们走到一条小河边，因为正是雨季，河里水深齐腰，水流湍急，周围又找不到船，凫水过去吧，怕把信弄湿了。张思德和小侯琢磨了半天，最后，还是张思德想出了一个办法。他们跑到附近老乡家借来两条绳子，把粗绳子的一头拴在河边一棵树上，细绳子在粗绳子上打个能滑动的结，再把信件用树枝别在细绳结的下面。他让小侯先握住绳结，自己拿着粗、细绳的另一头，跳进河里，游向对岸。上了岸，张思德把粗绳子拴在一块高耸的大石头上，拉动手中的细绳，信件就跟着细绳的滑动，滴水不沾地过了河，然后，让小侯把绳子拉回去，还给了老乡。

延安革命纪念馆内展出的战士们用的武器

中华魂·百部爱国故事丛书
提　　要

《誓与禁烟相始终——民族英雄林则徐》

　　林则徐严禁鸦片，坚决抵抗西方列强的侵略，坚持维护国家主权和民族利益。他是中国近代历史上第一位睁眼看世界的人，是抗击帝国主义殖民侵略的第一人，是中华民族抵御外侮过程中伟大的民族英雄。

《血洒虎门御敌寇——抗英将军关天培》

　　民族英雄关天培，在第一次鸦片战争中为了抗击英国侵略者的入侵而血洒虎门，为国捐躯，谱写了一曲可歌可泣的英雄赞歌。关天培用他的生命，书写了中国人民反抗外侮的历史。

《威震镇海靖节魂——抗敌英雄裕谦》

　　在第一次鸦片战争期间的众多牺牲者中，有一位官阶最高，他就是两江总督裕谦。裕谦与外国侵略者斗争立场坚定，与国内妥协派、投降派斗争态度坚决。裕谦督战镇海，与英国侵略军浴血奋战，临危不惧，以身报国，浩气长存。

《斩邪留正解民悬——太平天国领袖洪秀全》

　　农民出身的洪秀全，从失意文人到起义领袖，经历了长期的思想演变过程，在外敌入侵、清朝政府腐朽的历史环境之下，顺应时代的潮流，成长为一位非凡的历史英雄人物，建立了与清朝政府相抗衡的农民政权——太平天国。

《仰承汉唐　荟萃中外——近代数学家李善兰》

李善兰是我国19世纪重要的科学家之一，在数学、天文学、力学等方面都有重大建树。他继承了我国古代数学的成就，又以极大的热情传播西方科学文化，"仰承汉唐，荟萃中外"，把自己的一生献给了科学事业。

《严谨治学　勇于探索——近代著名数学家华蘅芳》

华蘅芳，中国近代数学家之一。其精通中国古算学，并熟练掌握西方近代数学，是中国验证抛物线并著书立说的参与者。为了证明"外国有的，中国也能造"而鞠躬尽瘁，在引进西方科学技术、传播科学知识上贡献卓著。

《折冲樽俎护山河——近代著名外交家曾纪泽》

曾纪泽是中国近代史上著名的爱国外交家，在中俄伊犁交涉事件中，他秉承抵抗列强、保卫国家的坚定意志，利用外交手段全力同沙俄抗争，捍卫了国家主权、民族尊严，收回了祖国的领土，在近代中国外交史上留下了光辉的一页。

《甲午海战留英名——民族英雄邓世昌》

邓世昌，北洋水师名将。本书以邓世昌的成长过程为线索，以代表性的历史故事为主要内容，还原真实的历史事件，突出鲜明的人物性格。邓世昌因在中日甲午海战中突出的英雄气概而名垂史册，书写了伟大的爱国主义篇章。

《誓与舰队共存亡——北洋水师提督丁汝昌》

丁汝昌处在清朝政府的腐朽和李鸿章的专断下，难以施展爱国的抱负，壮志未酬，愤恨而终。但丁汝昌为建立近代海军作出的巨大贡献，带领北洋舰队爱国官兵勇抗强敌的英雄事迹，将永远为后代所传颂。

《镇南关上凯歌扬——抗法老英雄冯子材》

1885年中法战争中，年逾古稀的冯子材为抵御外国侵略，勇赴国

难，大败法军于镇南关，并乘胜追击，接连收复文渊、谅山等地，从根本上扭转了中法战争的局面，成为近代民族英雄的杰出代表。

《屡败法军逞英豪——黑旗军将领刘永福》

刘永福是黑旗军的创建者，是农民出身的杰出军事家、政治活动家。在19世纪发生的援越抗法、中法战争中，他率部与帝国主义侵略者进行了殊死的战斗，建立了卓越的功勋，成为我国近代史上著名的民族英雄，为后世所景仰。

《矢志变法强国家——戊戌变法领袖康有为》

康有为是清末民初最有影响力的思想家之一。他领导了中国知识界的启蒙运动，掀起了一场自上而下的政体改革。他最早在中国提出了立宪政体和具体的宪政方案，主张在坚持儒家传统和帝制的前提下，学习西方经验，他的进步思想对近代中国具有深远的影响。

《开民智以报国　普新知而图强——戊戌变法思想家梁启超》

梁启超，中国近代史上著名的政治活动家、启蒙思想家、史学家、文学家，戊戌变法领袖之一。本书以百日维新思想家梁启超的成长过程为线索，以代表性的历史故事为主要内容，还原真实的历史事件，突出鲜明的人物性格。

《我自横刀向天笑——维新志士谭嗣同》

谭嗣同在民族危机的严重时刻，投身改革救中国的洪流。为了带给祖国一个光明的未来，紧要关头，他挺身而出，用自己的鲜血激励后人，把宝贵的生命献给了变法事业。

《睡乡敢遣警世钟——用生命警策国人的陈天华》

陈天华是民主革命的活动家和宣传家。他写的《猛回头》《警世钟》等书，起到了革命启蒙的重大作用。为了激发留日学生的爱国情怀，他不惜投海自杀，演出了近代史上感人至深的一幕，给后人留下了难忘的印象。

《革命军中马前卒——民主斗士邹容》

革命乃"至尊极高，独一无二，伟大绝伦之一目的"；它是"天演之公例，世界之公理，顺乎天而应乎人"的伟大行动。因此，必须"仗义群兴革命军"。他激情高呼："革命独子万岁！中华共和国万岁！"这就是《革命军》的作者，中国近代著名资产阶级革命宣传家邹容。

《休言女子非英物——鉴湖女侠秋瑾》

为民族解放和妇女解放而英勇斗争的秋瑾，冲破封建礼教的思想牢笼，打碎封建精神枷锁，崇仰真理，追求光明，主张共和，坚持男女平等，最终献出了自己年轻的生命。

《血溅校场　杀身成仁——民主斗士徐锡麟》

本书讲述了反清志士徐锡麟弃文从武、投身反清革命事业，最终被清政府杀害的故事。出于对国家的热爱，徐锡麟献出自己的生命，他的事迹将永远激励后人深切缅怀这位民主革命的先驱。

《生可死耳　我志长存——献身民主的禹之谟》

禹之谟，民主革命党人，同盟会会员，近代资产阶级革命家、实业家。1886年，20岁的禹之谟"提三尺剑，挟一卷书"游历四方，研究西方社会政治学说，忧国忧民之心日趋强烈。戊戌变法失败，他丢掉改良幻想，倡革命救亡之说，走上民主革命道路。

《物竞天择　适者生存——资产阶级启蒙思想家严复》

严复是中国近代著名的启蒙思想家、翻译家和教育家。他长期从事教育和翻译事业，为近代中国人才培养和思想启蒙做出了重要贡献，同时他也为中国的翻译事业和中西思想文化交流做出了重要贡献。

《辛亥革命急先锋——资产阶级革命家黄兴》

黄兴，清末民初资产阶级革命家，中华民国开国元勋。黄兴在武昌首义及辛亥革命时期的爱国表现，与孙中山闻名于当时，常被时人以"孙黄"并称。本书以资产阶级革命活动实干家黄兴的成长过程为线索，歌颂了先辈伟大的爱国主义精神。

《矢志革命　百折不回——近代民主革命家廖仲恺》

廖仲恺追随孙中山踏上了创立民国与捍卫共和制的旧民主主义革命

之路；在新民主主义革命时期，他为建立、巩固首次国共合作和实施三大政策，英勇奋斗，为国殉职，洒尽了一腔热血。

《将军拔剑南天起——护国英雄蔡锷》

蔡锷是中国近代史上的杰出军事家、爱国者。他的一生短暂而伟大。辛亥革命爆发，他毅然投身于革命洪流之中，领导云南重九起义，对武昌起义积极响应。袁世凯窃国复辟、恢复帝制的阴谋暴露出来以后，他又毅然举起了武装讨袁的旗帜。

《反帝反封建运动——五四青年的爱国故事》

五四运动是一次伟大的反帝反封建的爱国运动；是一个伟大的历史转折点；是中国人民的斗争从挫折走向胜利的一个关节点，它为中国的前进开辟了一条全新的道路，拉开了中国新民主主义革命的序幕。

《思想自由 兼容并包——著名教育家蔡元培》

蔡元培是中国近现代著名的民主革命家和教育家，一生经历风雨，却始终信守爱国和民主的政治理念，致力于废除封建主义的教育制度，奠定了我国新式教育制度的基础，为我国教育、文化、科学事业的发展做出了富有开创性的贡献。

《为国家争光 为民族争气——中国铁路之父詹天佑》

詹天佑是我国最早的杰出铁道工程师，因主持建造京张铁路而闻名中外，被誉为"中国铁路之父"。他为祖国的铁路事业贡献了毕生的精力。本书向读者展示了詹天佑热爱祖国、科技兴国的辉煌人生。

《实业救国 衣被天下——轻工之父张謇》

张謇是爱国实业家、教育家。他年轻时中过状元。过了40岁，开始投身工商实业活动中，他的名言是"富民强国之本在于工"。在南通，创办大生丝厂、银行等各种实业。并将创办实业的大部分所得投入教育。他的观点是，教育和实业一样，也是"富强之大本"。

《心向革命 追求光明——平民将军冯玉祥》

冯玉祥将军"是一位从旧军人转变而成的坚定的民主主义战士"。

抗日战争期间，他辗转各地，用实际行动积极抗战。日本战败投降后，他为了断绝美国的援蒋内战，又在美国四处演说，揭露蒋介石统治之黑暗，痛斥美国阴谋分裂中国的不良行为。

《刑场上的婚礼——革命烈士周文雍　陈铁军》

周文雍是广州起义的主要领导人之一。陈铁军出身于华侨商人家庭，却毅然投身革命洪流。1928年1月，两人接受派遣，回到广州假扮夫妻从事革命斗争，却不幸被捕。临刑前，两位烈士将敌人的枪声当作自己婚礼的礼炮，用生命和爱情谱写出一曲千古绝唱。

《星星之火　可以燎原——井冈山斗争的故事》

1927—1929年，毛泽东、朱德等老一辈革命家，在井冈山创建了农村革命根据地，进行了艰苦卓绝的斗争，建立了新型革命武装，点燃了工农武装革命之火，找到了农村包围城市最后夺取政权的中国革命的正确道路。

《新民学会的主要发起人——中国共产党早期革命家蔡和森》

蔡和森青年时期曾与毛泽东等人一起组织进步团体新民学会，参加五四运动，并在赴法国勤工俭学时研读大量马克思主义著作，回国后以满腔热忱投身革命事业，成为中国共产党早期重要的理论家和宣传家。

《威震黄浦江畔　高奏抗日壮歌——一·二八淞沪抗战》

面对日本侵略者的挑衅，十九路军在蒋光鼐、蔡廷锴的带领下，高举义旗，奋力一搏。一·二八淞沪抗战，是中国军人捍卫军人荣誉和祖国尊严所发出的吼声，谱写了一曲抗击日军侵略的英雄壮歌。

《将军恨不抗日死——慷慨就义的吉鸿昌》

在国难深重的20世纪30年代，吉鸿昌将军因拒绝执行国民党指示，坚决不打内战，被迫携眷出国"考察"。回国后，他加入中国共产党，组织了民众抗日同盟军，英勇打击日本侵略者，后于1934年11月被国民党反动派杀害。

《献身革命　甘于清贫——梅岭忠魂方志敏》

大革命失败后，方志敏凭着"两条半步枪"起家，身经百战，创建了赣东北革命根据地和红十军。本书真实记录了方志敏投身于革命、领导红军和敌人进行艰苦卓绝斗争的经历，歌颂了烈士贫贱不移、威武不屈、献身革命的高尚品质。

《奏响中华最强音——人民音乐家聂耳》

聂耳在他有限的生命中创作了数十首革命歌曲，在抗日救亡运动中，聂耳的这些歌曲产生了广泛深远的影响。他的音乐创作为中国无产阶级革命音乐的发展指明了方向，树立了榜样。

《横眉冷对千夫指——中国文化革命主将鲁迅》

鲁迅不但是伟大的文学家，而且是伟大的思想家和伟大的革命家。在那风雨如晦的黑暗年代里，他以笔为投枪，同一切帝国主义和反动派进行了顽强的战斗，为中国人民树立了一个不朽的丰碑。他是新文化战线上的一面光辉旗帜，是我们伟大民族的灵魂。

《铁流两万五千里——红军长征的故事》

红军长征是人类历史上的一次伟大的壮举。第五次反"围剿"失败后，中国工农红军的三大主力在极端艰难的条件下，突破国民党军队的围追堵截，进行了史无前例的战略大转移，总行程达两万五千里以上。途中发生了许多动人故事，至今令人难以忘怀。

《荣辱不移革命志——创建陕北红军的刘志丹》

刘志丹是杰出的无产阶级革命家、军事家，西北红军和西北革命根据地的主要创始人之一。他一生热爱人民，追求真理，英勇善战，百折不挠，艰苦奋斗，忠心赤胆，为创建红军和革命根据地、为中国人民的解放事业建立了不可磨灭的功勋。

《英名永存北平城——爱国将领佟麟阁　赵登禹》

1937年7月28日，日军向北平郊区发动进攻。第二十九军副军长佟麟阁奉命在南苑率部与日军苦战，腿部受伤，头部被敌机炸伤，壮烈殉国。第一三二师师长赵登禹指挥部队顽强抵抗日军，右臂中弹负伤，仍继续作战。后在转移途中遭日军截击而牺牲。

《八百壮士　四行仓库铸军魂——谢晋元和他的战友们》

八一三抗战，中国军人以血肉之躯揭开全面抗战的帷幕。这是一场血战，是中国军人不屈不挠的英雄诗篇，其中的八百壮士守四行，成为这首英雄颂歌中最动人、最凄美的音符。一曲四行保卫战，铸就了不屈的军魂。

《八女投江　气贯长虹——八位抗联女战士》

抗日战争时期，以冷云为首的东北抗日联军8名女战士，为捍卫民族尊严，面对凶残的日寇，镇定自若，宁死不屈，投江殉国，表现了中华民族同敌人血战到底的英雄气概。她们的光辉形象，激励着千千万万的后来人。

《艰苦抗战　威震敌胆——著名抗日英雄杨靖宇》

杨靖宇将军是我国著名的抗日民族英雄。曾先后担任磐石游击队政治委员、东北抗日联军第一军军长兼政委、抗日联军总司令等职。领导军民对日寇坚持了长达9个年头的艰苦卓绝的斗争，最终以身殉国。

《死也不当亡国奴——镜泊抗日英雄陈翰章》

陈翰章，从1932年8月投笔从戎，直到1940年12月8日为抗击日本侵略者，战死在镜泊湖畔。他在抗日疆场上奋战了九年，他那可歌可泣的英雄事迹将为人们永世传颂。

《名将殉国　气壮山河——抗日将军张自忠》

著名抗日将领、民族英雄张自忠，生于忧患的时代，抱有"宁为百夫长，胜作一书生"的志向，经历过失败与低谷，最终成就了慷慨人生。本书主要以人物活动为主，勾画出一个真正的"民族魂"鲜活的人生，会带给读者振奋的力量。

《宁死不辱战士名——狼牙山五壮士》

1941年日寇在河北易县"扫荡"。为掩护群众和主力部队撤退，五位八路军战士毅然把敌人引上了狼牙山棋盘坨峰顶绝路。弹尽粮绝、无路可退，五位英雄纵身跳下了万丈悬崖，用生命和鲜血谱写出一曲惊天地泣鬼神的壮举。

《太行浩气传千古——抗日名将左权》

左权，中国工农红军和八路军高级指挥员，著名军事家。是八路军在抗日战场上牺牲的最高指挥员。名将阵亡，太行山为之垂首，全党为之悲痛。周恩来称他"足以为党之模范"，朱德赞誉他是"中国军事界不可多得的人才"。

《虎将兴关外 抗倭统雄师——抗联英雄赵尚志》

本书描写了久经考验的共产党员、东北抗联的创建者和主要领导人赵尚志，在艰苦卓绝的条件下，坚持抗战，威震敌胆，战功卓著，忍辱负重，忠贞不屈，为国捐躯的英雄故事，为青少年读者呈上一部爱国主义的佳作。

《黄埔之英 民族之雄——抗日名将戴安澜》

抗日名将戴安澜，先后参加保定、漕河、台儿庄、武汉、昆仑关等战役，作战英勇，屡建奇功；入缅作战，"扬威国外，藉伸正义"；守东瓜，复棠吉；殒身缅北，遗恨丛林，马革裹尸，成就了光辉的一生。

《爱国志士 民主先锋——新闻出版家邹韬奋》

本书讲述了邹韬奋献身新闻出版事业的奋斗历程，展现了一位新闻工作者坚定的革命信念和炽热的爱国主义精神，全心全意为人民服务、为读者服务的奉献精神，歌颂了他的高尚情操和优良品质。

《为抗战发出怒吼——人民音乐家冼星海》

人民音乐家冼星海，青年时期在巴黎求学，饱尝屈辱与磨难；学成后毅然回到多灾多难的祖国，用满腔热忱谱写激昂的音乐，鼓舞中华儿女的斗志；奔赴延安，谱写出不朽的名作《黄河大合唱》，发出中华民族抗日救亡的怒吼。

《全民皆兵　抗击日寇——抗日战争的故事》

中国人民进行的十四年抗战，是一百多年来中国人民反对外敌入侵第一次取得完全胜利的民族解放战争。这场战争是以国共两党合作为基础，有社会各界、各族人民、各民主党派、抗日团体、社会各阶层爱国人士和海外侨胞广泛参加的全民族抗战。

《捧着一颗心来　不带半根草去——人民教育家陶行知》

陶行知是我国现代教育史上伟大的人民教育家、教育思想家。他从青年起就立志献身教育事业，以"捧着一颗心来，不带半根草去"的赤子之心，为人民的教育事业鞠躬尽瘁。

《为民主与和平拍案而起——民主斗士闻一多》

闻一多早年与梁实秋等人发起成立清华文学社。赴美留学期间由对祖国的深深眷恋而创作著名的《七子之歌》。后在西南联大任教8年，积极投身于抗日运动和争取民主的斗争，发表了著名的《最后一次讲演》。

《铁窗难锁钢铁心——革命先烈王若飞》

王若飞是我党早期杰出的无产阶级革命家。在艰苦卓绝的斗争中，他出生入死，屡建奇功，以超人的睿智和胆略，在敌人的监狱中，同敌人展开了殊死的较量，为抗战的胜利和新中国的诞生做出了卓越的贡献。

《横扫千军　还我河山——抗联名将李兆麟》

李兆麟是东北抗日联军创建人之一，他率领抗日联军历尽千难万险与日本侵略者浴血奋战，在极其艰苦的条件下，保存了抗日联军的有生力量，为东北光复做出了重大贡献。

《锄头开出新天地——解放区大生产运动》

为了解决困难，渡过难关，党中央号召党政军民齐动手，开展大生产运动。中国共产党在其控制区域内发动的一场军队屯田和鼓励生产的群众运动，达到了自己动手丰衣足食，共度难关，既进行革命又进行生产自足的目的。

《生的伟大　死的光荣——女英雄刘胡兰》

刘胡兰，坚贞不屈的少年女英雄。生前对我国劳动人民的解放事业无限忠诚，在敌人威胁面前，大义凛然，毫无惧色，英勇牺牲，表现了共产党员的高贵品质。

《饿死不领美国救济粮——爱国知识分子的楷模朱自清》

朱自清作为爱国知识分子的典型，以锐利的笔锋直言痛斥反动政府的暴行，体现了他崇高的爱国情怀和不畏恶势力的精神品格。毛泽东曾给朱自清先生以高度评价："一身重病，宁可饿死，不领美国的'救济粮'"，"表现了我们民族的英雄气概"。

《为了新中国前进——舍身炸碉堡的董存瑞》

伟大的英雄，中国人民的儿子董存瑞，从儿童团长成长为一名光荣的解放军战士，在1948年解放隆化县城时，舍身炸碉堡，为新中国献出了自己年轻的生命。他的英雄形象永远留在人民心里。

《宁死不屈的共产党员——革命烈士江竹筠》

江竹筠，就是著名的江姐。1947年春，她负责《挺进报》工作，只几个月的时间，报纸就发行到1600多份，引起了敌人的极大恐慌。由于叛徒出卖，江姐不幸被捕，惨遭毒刑的残酷折磨，仍坚贞不屈。最后被特务秘密枪杀，年仅29岁。

《抗美援朝　保家卫国——志愿军的战斗故事》

抗美援朝战争是中国人民志愿军为援助朝鲜人民、保卫祖国安全，与美国为首的"联合国军"发生的战争。在朝鲜牺牲的志愿军烈士们，他们英勇的战斗事迹、保家卫国的精神值得我们发扬光大。

《上甘岭上壮烈歌——黄继光和他的战友们》

在1952年10月的上甘岭战役中，黄继光和他的战友们在零号阵地半山腰被敌机枪火力点压制，此时，黄继光身上已经多处负伤，手雷也已全部用光。为了完成任务，减少战友的伤亡，他用自己的胸膛堵住正在扫射的敌机枪射孔，为反击部队扫清了前进的道路。

《诗书印画　全入神品——国画大师齐白石》

齐白石出身贫寒，做过农活，当过木匠，后改学雕花木工，从民间画工入手，摹古人真迹，学诗文书法，融汇古今，而诗、书、印、画俱佳；他将中国画的精神与时代的精神统一得完美无瑕，使中国画得到国际的重视，无愧于"国画大师"的称号。

《毕生为文化而奋斗——中国第一出版家张元济》

张元济参与、主持和督导商务印书馆近六十年，使其从简单的印刷企业转变为当时中国教育出版的旗帜。张元济一生爱书，在中华大地动荡不安的年代里，他用自己对文化的热爱，续存着中华民族灿烂悠久的文明之光。

《独树一帜　梨园大师——著名京剧表演艺术家梅兰芳》

梅兰芳，京剧大师，演唱风格独树一帜，世称"梅派"。曾先后赴日本、美国、苏联演出，并荣获美国波摩那学院和南加州大学的荣誉文学博士学位。作为一位爱国者，抗战期间蓄须明志，拒绝为日本人演出，为后世称颂。

《华侨旗帜　民族光辉——爱国侨领陈嘉庚》

陈嘉庚是著名的爱国华侨领袖、企业家、教育家、慈善家、社会活动家。他为辛亥革命、民族教育、抗日战争、解放战争、新中国的建设做出了卓越的贡献。生前被毛泽东誉为"华侨旗帜、民族光辉"。

《向雷锋同志学习——伟大的共产主义战士雷锋》

雷锋，一个平凡而伟大的共产主义战士，一心向着党，一生秉承着全心全意为人民服务、无私奉献的崇高思想；发扬刻苦学习和钻研理论的"钉子"精神；坚持勤俭节约、艰苦奋斗的优良作风。毛泽东为其题词："向雷锋同志学习。"

《人民的好公仆——县委书记的好榜样焦裕禄》

焦裕禄，被誉为县委书记的好榜样。他用自己的革命精神，展开了与大自然、与社会落后现象、与病魔的多重抗争，让我们领略到一个共产党人的生之伟大、死之壮美的人格品质和具有现实教育意义的精神魅力。

《文学巨匠　京味大师——人民作家老舍》

老舍是我国现代小说家、文学家、戏剧家。他用融入骨髓的真诚文字反映生活的喜怒哀乐。老舍的一生，总是在忘我地工作，他是文艺界当之无愧的"劳动模范"，生前被北京市人民政府授予"人民艺术家"的称号。

《革命老人——无产阶级教育家徐特立》

徐特立是一代伟人毛泽东的老师。他出生在贫苦家庭，大部分时间生活在动荡艰苦的年代；他刻苦勤奋，不畏艰辛，追求光明，一生勤俭，为革命培养了大量的人才；他对党和人民任劳任怨，鞠躬尽瘁。他坎坷奋斗的一生，留下了许多可歌可泣的故事。

《人生能有几回搏——新中国第一个世界冠军容国团》

容国团先后担任中国乒乓球队运动员、女队主教练。获得1959年男子单打世界冠军；1961年夺得男子团体世界冠军；作为中国女队主教练，1965年率女队第一次夺得女子团体世界冠军。他的"人生能有几回搏"的豪言，举国传诵。

《石油工人一声吼　地球也要抖三抖——铁人王进喜》

王进喜，新中国第一批石油钻探工人。他为祖国石油工业的发展和社会主义建设立下了不朽的功勋，在创造了巨大物质财富的同时，还给我们留下了宝贵的精神财富——铁人精神。他被评为"百年中国十大人物"，写入中华民族的光辉史册。

《做人民需要我做的事——著名地质学家李四光》

李四光是一位伟大的科学家，他一生从事地质学研究工作，足迹遍布祖国的山川，为祖国探明了许多地下宝藏；他创建了崭新的学说——地质力学；他历尽重重困难，为正确认识地质构造开辟了一条新路。

《中国化学工业的先驱——著名化学家侯德榜》

为摆脱纯碱需要进口的窘况，20世纪初，怀着"实业救国"梦想的中国化工先驱侯德榜等人创办了永利碱厂，并立志生产出中国人自己的碱。1926年，永利碱厂终于成功地生产出"红三角"牌纯碱，从此中国制碱业得以跨入世界先进行列。

《毕生求是 一丝不苟——著名科学家竺可桢》

著名科学家竺可桢献身科学研究；治学严谨，一丝不苟；一生廉洁，两袖清风；作风民主，爱护学生。他以爱国之心、报国之志，从一个民主主义者逐渐成长为一个共产主义战士。

《热爱自然的大地之子——著名植物学家蔡希陶》

蔡希陶，五十载风雨，五十载坎坷，五十载奋斗，五十载开拓，为了发现对人类生产、生活有用的植物及新物种的引进而做出巨大贡献，在中国的植物资源史上将永远镌刻着他的名字。

《高洁无私的襟怀——知识分子的楷模蒋筑英》

蒋筑英是中国当代知识分子的先锋典范，他不为名，不为利，尊重科学；他以坚忍的毅力和顽强的作风，在科学的道路上呕心沥血，鞠躬尽瘁，无私地奉献了青春和生命。

《迎接新生命的天使——卓越的妇产科专家林巧稚》

林巧稚是国内外享有盛誉的妇产科专家。在五十多年的医学教育和临床实践中，林巧稚亲自接生了五万多婴儿，治愈了数千病人，培养了数以百计的专门人才，为我国的妇女儿童事业做出了不可磨灭的贡献。

《独自成千古 悠然寄一丘——国画大师张大千》

张大千是20世纪中国画坛最具传奇色彩的国画大师，无论是绘画、书法、篆刻、诗词无所不通。在艺术界深得敬仰和追捧，艺术家们用真挚的感情，用绘画和雕塑展现了"张大千"多彩的艺术形象。

《建造中国的通天塔——著名数学家华罗庚》

中国当代著名数学家华罗庚，为中国数学的发展做出了无与伦比的贡献，他是中国解析数论、典型群、矩阵几何等多方面研究的创始人与开拓者，也是我国最早将数学理论研究与生产实践紧密结合的科学家。

《问鼎长天　强我国威——两弹元勋邓稼先》

邓稼先是我国著名科学家，参加组织和领导我国核武器的研究、设计工作，从对原子弹、氢弹原理的突破和试验成功及其武器化，到新的核武器的重大原理突破和研制试验，作出了重大贡献。是我国核武器理论研究工作的奠基者之一，被誉为"两弹元勋"。

《敢叫天堑变通途——桥梁专家茅以升》

中国著名的桥梁专家茅以升从小立志为祖国建造桥梁，经过不懈努力，他不仅设计建造了一座座宏伟壮观、坚固实用的道路桥梁，而且搭建了一座座友谊之桥，为祖国建设作出了卓越贡献。

《蘑菇云之梦——核物理学家钱三强》

被誉为"中国原子弹之父"的核物理学家钱三强，更名后立志于科技报国；24岁投师于世界著名核物理学家居里夫妇；与夫人何泽慧合作，发现铀的"三分裂""四分裂"现象；统领我国的原子大军，做了大量创造性工作。

《两离桑梓地　满怀雪域情——领导干部的楷模孔繁森》

孔繁森，是一位一尘不染、两袖清风的好干部。两次进藏工作，历时十载，为西藏的建设、发展和稳定作出了突出的贡献。1994年11月，孔繁森不幸以身殉职。人民群众称他为新时期领导干部的楷模。

《摘取数学皇冠上的明珠——著名数学家陈景润》

陈景润是享誉世界的数学家，为了证明"哥德巴赫猜想"，他以惊人的毅力在数学领域里艰苦跋涉，终于攻克了世界著名数学难题"哥德巴赫猜想"中的"1＋2"，创造了中国乃至世界数学史上的辉煌。

《学术独步　饮誉四海——享有国际威望的科学家卢嘉锡》

卢嘉锡是一位在国际科学界享有崇高威望的物理化学家、化学教育家和科技组织领导者。1945年，卢嘉锡满怀"科学救国"的热忱回到祖国，对中国原子簇化学的发展起了重要推动作用，他所指导的新技术晶体材料科学研究，也取得了重大成绩。

《德艺双馨　梨园楷模——著名豫剧表演艺术家常香玉》

常香玉1941年赴陕甘演出。1948年在西安创办香玉剧社。1951年为支援抗美援朝，率剧社巡回西北、中南、华南各地演出，以演出收入捐献"香玉剧社号"战斗机一架，素有"爱国艺人"之誉。

《文学大师　激流勇进——著名作家巴金》

本书以巴金生平和主要事迹为线索，回顾和展示现代著名作家巴金的一生，以期让人们看到巴金在这风云变幻的100多年中，有过成功的欢欣，有过屈辱的磨难，有过痛苦的忏悔，有过平静的安宁。巴金的人生，映照着一代中国五四知识分子坎坷而不平凡的命运。

《壮心系科学　孜孜为国昌——理论化学家唐敖庆》

本书讲述了唐敖庆从出国求学、学业有成、回国任教，到服从安排、艰苦工作、刻苦钻研，最终成为中国量子化学奠基者的过程。让人们看到了这位著名化学家的赤心爱国、严谨治学、大公无私的崇高品格和科研上的卓越成就。

《中国导弹之父——著名科学家钱学森》

当第一颗原子弹升空的时候，当中国的人造卫星奏响《东方红》的时候，当中国运载火箭腾空而起的时候，当中国研制的导弹准确命中目标的时候，人们都会想起他的名字：中国导弹之父钱学森。

《中国近代力学的奠基人——著名科学家钱伟长》

钱伟长曾以中文和历史两个100分的成绩考入清华大学。九一八事变后，钱伟长毅然放弃了文科的学习而转为理科。他是中国近代力学、应用数学的奠基人之一，在固体力学、流体力学以及航空航天领域，取

得了卓越的成就，为新中国的现代化建设付出了毕生的精力。

《中国光学科学的奠基人——著名科学家王大珩》

王大珩是我国著名的科学家，中国光学科学的奠基人。他先在清华就读，后赴英国求学，学业有成，立志科学救国，其成就享誉神州。他以科学的求是精神和赤诚的爱国情怀，探索着中国光学发展的闪光之路。